윤 *Yun*

[아트리엘]을 경영하는 생산직.
사막 에리어에서 손에 넣은
[신비의 흑광유]를 다루다 보니…?

"⋯⋯까, 깜짝 놀랐네⋯⋯.
저 폭발은 대체 뭐야?"

Only Sense
온리 센스 온라인 21
Online

뮤우 *Myu*
한손검과 백마법을 다루는 성기사.
지금은 [페어리즈 테일]에 푹 빠진 상태.

"천사족이야!
귀엽지!"

페어리즈 테일

"격추 스코어, 갱신!"

타쿠 *Taku*
무기 수집이 취미인 쌍검사.
지금은 [스텔라 기어]에 푹 빠진 상태.

스텔라 기어

알 *Alphard*

길드 [신록의 바람]의
중견 플레이어.
쌍둥이 누나 라이나에게
자주 휘둘리곤 하는 마법사.

"귀엽네, 뭘 먹으려나."

라이나 *Lyna*

길드 [신록의 바람]의
중견 플레이어.
쌍둥이 동생 알과
함께 다니는 창병.

온리 센스 온라인
21

아로하자초 지음 | mmu 일러스트 | 천선필 옮김

커버 그림, 본문 일러스트 | mmu
캐릭터 원안 | **유키상**

Only Sense Online

솔로 퀘스트와 장비 용량

Only Sense
온리 센스 온라인 21
Online

폐촌

공룡평원

도등화 나무

비룡산맥

호리어 동굴

크리스 동굴

제2마을

어두운 숲

묘지

호수

바다

외딴섬

윤　Yun

최고로 인기 없는 무기 [활]을 택해버린 초심자 플레이어. 수습 생산직으로서 부가 마법이나 아이템 생산의 가능성을 깨닫기 시작하고———

뮤우　Myu

윤의 리얼 여동생. 한손검과 광 마법을 다루는 성기사로 완전 전위형. 베타판에서는 전설이 되었을 정도의 치트급 플레이어.

마기　Magi

톱 생산직 중 한 명으로 플레이어들 중에서도 유명한 무기 장인. 윤의 든든한 선배로 충고를 해준다.

세이　Sei

윤의 리얼 누나. 베타판부터 플레이한 최강 클래스의 마법사. 수속성을 주로 다루고 모든 등급의 마법을 구사한다.

타쿠　Taku

윤을 OSO로 끌어들인 장본인. 한 손 검을 다루고 경갑옷을 장비하는 검사. 공략에 애쓰는 정통파 플레이어.

클로드　Cloude

재봉사. 톱 생산직 중 한 명으로 의복류 장비품 가게의 주인. 윤이나 마기의 오리지널 장비 클로드 시리즈를 만들었다.

리리　Lyly

톱 생산직 중 한 명으로 일류 목공 기술자. 지팡이나 활 등의 수제 장비는 많은 플레이어에게 인기를 얻고 있다.

서장 완전 소생약과 신작 VRMMO

OSO의 제1마을 한구석———, [아트리엘] 밭에서는 [선플라워]가 재배되고 있었다.

며칠 전까지는 태양을 쫓아다니며 노란색 꽃을 피우던 선플라워도 지금은 고개를 숙이며 말랐고, 줄기도 황록색으로 변색되었다.

말라버린 선플라워 꽃을 보고 쓸쓸함을 느꼈지만, 잘 보니 꽃 중심에는 까만 씨가 빽빽하게 들어차 있었다.

"꽃이 마른 뒤에 씨앗이 숙성된 모양이네요."

말라버린 선플라워를 확인한 NPC(논 플레이어 캐릭터) 쿄코 씨의 말에, 나는 기분이 들뜨기 시작했다.

"그럼 [선플라워 씨]를 수확하자!"

"네, 열심히 해보죠."

내가 재배용 가위로 늘어진 채 말라버린 꽃을 잘라내자 말라버린 선플라워 꽃이 소멸했고, 그 대신 [선플라워 씨]가 든 작은 주머니가 나타났다.

"보통은 꽃에서 씨를 떼어내는 작업이 필요할 텐데, 판타지네."

작은 주머니는 어디에서 나타난 건지 의문이 들기도 했지만, 이제는 이런 신기한 현상도 익숙해졌기에 둘이서 묵묵히 말라버린 꽃을 씨앗으로 바꾸어 나갔다.

"그래도 씨앗을 잔뜩 채집하니 기분이 좋네~."

말라버린 꽃을 잘라내는 작업은 금방 끝났고, 나는 화분에 남아있던 선플라워 줄기를 뽑아냈다.

빈 화분에 비료를 넣고 다시 씨를 뿌리면 선플라워를 재배할 수 있다.

"쿄코 씨, 뽑아낸 선플라워 줄기하고 뿌리는 어떻게 해?"

"줄기와 뿌리는 나중에 잘게 썰어서 퇴비 보관소에 넣을게요. 정말 좋은 비료가 될 거예요."

"알겠어. 그럼 한데 모아둘게."

화분에서 뽑아낸 선플라워 줄기와 뿌리는 쿄코 씨의 조언에 따라 한곳에 모으기 시작했다.

파종까지 마친 우리 손안엔 [선플라워 씨]가 든 작은 주머니가 산더미처럼 모였다.

"음————, [선플라워 씨주머니]가 57개라. 꽤 많이 채집했네."

주머니 하나당 약 200개 정도가 들어있고 200그램. 씨앗 무게를 따지면 11kg 정도 될 것 같다.

물과 비료 말고도 내가 가진 [재배] 센스나 채집할 때 보너스를 받는 [원예지룬구] 같은 액세서리 덕분인지 씨앗을 많이 얻었다.

"윤 씨, 얻은 씨앗은 어떻게 하실 건가요?"

"다음 재배용 예비 씨앗을 남겨두고 나머지는 전부 가공용으로 쓸까."

"그러면 가공에 필요한 도구를 가지고 올게요."

일단 [아트리엘] 점포로 도구를 가지러 가는 쿄코 씨를 바라보고 있자니, 그녀와 교대하듯이 내 사역 MOB들이 다가왔다.

『뀨우뀨우!』

"이제야 씨앗을 채집한 모양이구나! 우리들도 먹어보게 해줘!"

뤼이와 자쿠로, 그리고 장난꾸러기 요정인 플랜도 다가와서 작은 주머니에 든 선플라워 씨를 들여다보고는 각각 주머니를 하나씩 가지고 가려 했다.

"잠깐만, 잠깐만, 멋대로 가지고 가지 마. 식용으로 챙겨 둘 테니까."

"어~? 먹을 수 있을 줄 알고 기대했는데~."

토라진 플랜이 볼을 부풀렸고, 뤼이와 자쿠로도 씨가 든 작은 주머니를 욕심나는 듯이 바라보았다.

"저기, 조금만 먹으면 안 돼?"

『뀨우~.』

"에휴, 정말……, 조금만 먹어야 돼."

내가 한숨을 쉬면서 그렇게 대답하자 자쿠로와 플랜이 신이 난 듯이 소리를 질렀고, 뤼이는 뜯지 않은 주머니를 문 채 얼른 뜯어달라며 내밀었다.

"그래, 그래, 우선 날것으로 맛을 볼까."

나는 뤼이가 물고 있던 작은 주머니를 받아든 다음, 뜯어서 다 같이 나누었다.

『규우~.』

뤼이와 자쿠로는 껍질이 있는 선플라워 씨를 입 안 가득 넣은 다음, 그 식감과 맛을 즐기고 있는 것 같았다.

"뤼이, 자쿠로⋯⋯, 껍질까지 다 먹으면 소화가 잘 안 될 거야."

나는 뤼이와 자쿠로에게 주의를 주면서 손톱 끝으로 선플라워 씨의 껍질을 벗겨나갔다.

까만 껍질은 손톱 끝으로 간단히 떼어낼 수 있었다. 내가 껍질을 벗긴 선플라워 씨를 장난꾸러기 요정 플랜이 뜯어먹었다.

"으음~, 정말 부드러운 맛이야. 괜찮네~."

"나도 하나 먹어볼까."

나도 껍질을 깐 선플라워 씨를 날것으로 맛보았다.

씨 안에 있는 먹을 수 있는 부위에도 기름기가 많아서, 호두나 캐슈넛 같은 부드러운 맛 안에 쓴맛도 약간 있었다. 괜찮은 맛이었다.

무심코 더 먹을 뻔했지만, 그러기도 전에 뤼이와 자쿠로, 플랜이 주머니 하나 분량을 다 먹어버렸다.

그리고 도구를 가지러 갔던 쿄코 씨도 돌아왔다.

"윤 씨, 도구를 가지고 왔어요."

"고마워, 쿄코 씨! 그럼, 바로 만들어볼까."

그리고 나는 선플라워 씨 10kg을 가공하기 시작했다.

우선, 기름을 추출하기 위해 로스팅을 했다.

양이 많기 때문에 프라이팬에 1kg 정도를 넣고, 나무 주걱으로 타지 않게끔 볶아서 익혔다.

볶은 씨에서 구수한 향기가 피어올랐다. 나는 쿄코 씨와 함께 로스팅한 씨의 맛을 보았다.

"우와, 이거 장난 아닌데……, 한번 먹기 시작하면 계속 먹어버릴 것 같아."

로스팅한 선플라워 씨의 까만 껍질은 금이 가서 더 잘 벗겨지게 되었고, 안에 든 먹을 수 있는 부위도 볶았더니 수분이 날아가서 더 고소해지고 맛있어졌다.

여기에 소금이라도 살짝 뿌리면 정말로 술안주가 될 것 같다. [OSO 어업조합]의 시치후쿠네가 준 초콜릿 과자처럼 초콜릿이나 캐러멜 벌꿀 같은 걸 바르면 그것만으로도 과자가 되지 않을까.

"으, 으으……, 우선, 절반은 요리용으로 남겨두자."

처음 볶은 것 중 500그램은 맛을 본다는 명목으로 나와 쿄코 씨, 그리고 뤼이와 자쿠로, 플랜의 뱃속에 들어가 버렸고, 5kg은 요리용으로 인벤토리 안에 넣었다.

그리고 나머지 선플라워 씨 절반도 로스팅한 뒤에 [이동백]을 압착시켰을 때 사용했던 압착기로 기름을 추출했다.

로스팅한 [선플라워 씨]를 압착하자 껍질과 씨 조각 같은 불순물이 많이 있는 까만 기름이 되었다.

마지막으로 그것을 천과 페이퍼 필터로 여과하면 황금 기름———, [선플라워] 씨유의 완성이다.

"다 됐다……, 그런데 씨를 5kg이나 써서 추출했는데 다섯 병밖에 안 되네……."

산더미처럼 쌓였던 [선플라워 씨]를 가공했는데도 기름이 얼마 되지 않았다.

게다가 [선플라워 씨유]는 [소생약]의 제한 해제 소재지만, 요리에도 사용하는 식재료 아이템이기도 하다.

"뭐, [문 드롭 꽃이슬]도 몇 방울 밖에 안 쓰니까 [선플라워 씨유]도 얼마 안 쓰겠지."

[소생약]의 제한 해제 소재로 쓰는 아이템은 입수와 채집, 가공에 수고가 많이 들어서 그런지 전부 많은 양을 필요로하지 않는 것 같다.

"쿄코 씨, 나는 이 [선플라워 씨유]로 조합을 할 건데, 뒷정리 좀 맡겨도 될까?"

"알겠어요. 열심히 하세요."

쿄코 씨가 응원해주자 나는 부드러운 표정을 지으며 고개를 살짝 끄덕이고는 공방으로 들어가 [소생약 개량형]을 만들 준비를 하기 시작했다.

[소생약 개량형]은 일반적인 [소생약]에 회복 제한이 걸려버린 플레이어들을 위한 상위 아이템이다.

회복 제한이 걸리면 원래 소생약 회복량의 20퍼센트까지효과가 떨어진다.

제한 해제 소재로는———, [요정의 비늘가루], [용의 피]

와 [피의 보주], [문 드롭 꽃이슬], 그리고 오늘 추출한 [선플라워 씨유]. 이것들을 사용함으로써 단계적으로 회복량 저하를 완화시킬 수 있다.

내가 지금 만들 수 있는 [소생약 개량형]은 제한 해제 소재를 세 종류 넣어서 회복량의 저하를 80퍼센트까지 줄인 물건이다.

그리고 오늘 손에 넣은 [선플라워 씨유]까지 합치면, 완벽한 [소생약 개량형]을 만들어낼 수 있다.

"자, 해볼까. 100퍼센트 [소생약]을 만들어보자고!"

새삼 마음을 굳게 먹은 나는 [소생약 개량형]의 제작에 착수했다.

하지만, 액체에 기름 계열 소재인 [선플라워 씨유]를 그대로 섞으면 잘 섞이지 않아서 실패해버린다.

"음, 우선 [선플라워 씨유]에 깎아낸 [피의 보주] 분말을 녹이고, 거기에 [요정의 비늘가루]도 섞어야지."

점성이 강한 [선플라워 씨유]에 [피의 보주]를 녹이자 금색 기름에 진한 붉은색이 섞여서 붉은 느낌이 강한 오렌지색으로 바뀌었다.

그리고 [요정의 비늘가루]를 약간 섞자 기름의 점성과 성질이 변화한 건지 물처럼 찰랑찰랑한 질감으로 바뀌었고, [문 드롭 꽃이슬]을 넣자 완성되었다.

"메가 포션하고 MP 포트 혼합액에 제한 해제 소재 용액을 섞고, 마지막으로 [도등화 꽃잎]을 녹이면……."

긴장하며 약품들을 섞자, 지금까지와는 달리 강한 빛을 내뿜는 반응과 함께 포션이 완성되었다.

완전 소생약 [소모품]
[소생] HP + 100%

"해냈다! 드디어 완성됐어! ━━━완전한 소생약이!"

원래 소생약은 최대 HP의 80퍼센트까지만 회복시킬 수 있었다.

회복량을 더 늘리려고 시행착오를 겪었지만 80퍼센트의 벽은 넘어설 수가 없었고, 그 대신 시간 경과에 따라 HP가 회복되는 재생 효과 같은 것들을 부여해서 성능을 높였다.

그러나 1주년 업데이트에 따라 [소생약]에 회복량 제한이 걸리고, 그것을 해제하기 위해 제한 해제 소재를 사용한 결과, 지금까지 넘어설 수 없었던 80퍼센트의 벽을 넘어서서 HP를 100퍼센트 회복시켜주는 [완전 소생약]을 만들어낸 것이다.

"좋았어~, 곧바로 회복량 제한이 걸린 플레이어들에게 [완전 소생약]을 전해줘야지!"

[완전 소생약]을 완성시킨 흥분에 취한 채, 나는 계속 포션을 만들어냈다.

그리고 [완전 소생약]의 제작이 경험치를 많이 줘서인지 [조약사] 센스의 레벨이 39에서 43으로 순식간에 올랐기에 더욱 신이 났다.

　나는 분명 잘 팔릴 거라는 근거 없는 자신감을 지니고, [아트리엘]에 있는 소재가 바닥날 때까지 [완전 소생약]을 계속 만들었다.

●

　완성된 [완전 소생약]은 곧바로 [아트리엘]에서 대대적으로 판매를 개시했다.

　그리고 사흘이 지나자————.

　"에휴, 안 팔리네~."

　[아트리엘]에서 포션을 사러 오는 플레이어를 기다리고 있었지만, [완전 소생약]은 전혀 팔리지 않았다.

　물론 그냥 기다리기만 한 건 아니다. 생산 활동을 하거나, 아이템을 정리하거나, 뤼이, 자쿠로, 플랜과 놀거나, 손에 넣은 [선플라워 씨유]로 도너츠 같은 과자를 만들거나, 쿄코 씨와 함께 밭을 돌보면서 지냈다.

　하지만, 아이템을 사러 온 손님에게 [완전 소생약]을 권해도 먼저 그 회복량에 놀랐고, 다음에는 그 가격을 보고 구입을 포기하고는 대신 [소생약 개량형]과 메가 포션을 사 갔다.

　"그렇겠지……, 회복만 하는 거면 [완전 소생약]이 아니라 [소생약 개량형]을 사용한 다음에 포션을 사용해서 마저 회복하는 게 싸게 먹힐 테니까.”

내가 몇 번째인지 모를 한숨을 쉬면서 가게를 보고 있자니 [아트리엘]에 새로운 손님이 왔다.

“어서 오세요! ───아니, 라이나! 알!”

“안녕하세요, 윤 씨. 오랜만이에요.”

“왠지 오랜만인 것 같네!”

우리보다 나중에 시작한 플레이어이자 레티아네 길드, [신록의 바람]의 멤버인 라이나와 알이 온 것이다.

“한동안 못 보던 사이에 너희 둘 장비가 꽤 잘 갖춰진 것 같은데!”

“흐흥! 그렇지! 이래 봬도 돈을 모아서 생산직에게 부탁한 장비니까!”

“이제 저희를 초보 플레이어라고 할 순 없겠죠.”

그렇게 말하며 약간 숙련자 같은 느낌을 보이는 두 사람. 성장이 느껴졌다.

“아, 그렇지. 이번에 새로운 소생약이 완성되었거든. 사 갈래?”

“새로운 소생약요? ───아니, [완전 소생약]?! 게다가 하나당 100만G!”

“잠깐, 바보 아냐? 너무 비싸다고! 너무 비싸! 메가 포션을 몇 개나 살 수 있는데!”

모처럼 온 라이나와 알에게 [완전 소생약]을 추천해 보았지만, 곧바로 거절당해버렸다.

"역시 안 되나. 내가 알고 지내는 녀석들이라면 재미있어하면서 사줄 줄 알았는데."

"애초에 소생약이 왜 이렇게 비싼 건데."

라이나는 가격을 보고 눈을 흘겼지만, 그 100만G라는 가격에도 이유가 있다.

일반적인 소생약의 적정 가격은 약 10만G 정도.

그리고 [소생약 개량형]은 회복 제한의 해제 정도에 따라 약 10만G씩 가격이 올라간다.

그렇게 따지면 [완전 소생약]의 가격은 약 50만G 정도가 적당할 것이다.

하지만, 지금까지 존재하지 않았던 100퍼센트 회복량을 지닌 [완전 소생약]을 저렴한 가격에 팔면 또 되팔이 길드가 나타나서 가격을 끌어올릴 가능성이 있다.

그렇기 때문에 일부러 가격을 높게 매기고 [완전 소생약]이 시장이 많이 풀린 단계에서 서서히 적정 가격 수준으로 내릴 예정이었던 거다.

그렇게 하더라도 [완전 소생약]은 어느 정도 팔릴 줄 알았는데———.

"[완전 소생약] 하나보다 부활한 직후에 포션을 사용해서 전부 회복시키는 게 수고가 더 들긴 하지만 싸게 먹히거든. 그래서 전혀 팔리지 않아."

겨우 그 수고를 줄이기 위해 수십만G를 지불할 수는 없는 것이다.

뭐, 되팔이 길드 대책으로 가격을 높게 매겼으니 팔리지 않는 건 어쩔 수 없지만, 상하는 물건도 아니니 조금씩 적정 가격을 재보면서 팔면 될 것 같다.

"그래도 윤 씨는 발이 넓으니까 조금 정도라면 아는 분들에게 팔 수 있지 않나요?"

알이 소박한 질문을 던졌기에 나는 [완전 소생약]이 팔리지 않는 또 다른 이유를 말해주었다.

"사실, OSO에 로그인하질 않거든."

"음, 그게 무슨 뜻인가요?"

알이 조심조심 물어보자 나는 메뉴를 조작해서 어떤 웹사이트를 띄웠다.

평소에는 재미있어하면서 [완전 소생약]을 사갔을 것 같은 뮤우나 타쿠 같은 톱 플레이어들은 다른 화제에 푹 빠져 있다.

"───신작 VRMMO가 발매된 모양이야……."

엡소니사에서 VR 기어를 발매하고 자사 타이틀로 [OSO]를 제공하고 있지만, 그 VR 기어를 사용할 수 있는 게임은 최근 1년 동안 OSO뿐이었다.

그런 와중에 다른 게임 회사에서 VR 기어 대응 타이틀로 신작 VRMMO를 두 개나 동시에 발매했다.

이번에 발매된 타이틀은 [페어리즈 테일]과 [스텔라 기어], 이렇게 두 개다.

"[페어리즈 테일]은 OSO와 마찬가지로 판타지 계열 액션

RPG고, [스텔라 기어]는 우주를 누비는 파워드 슈트 계열 로봇 액션 게임인 것 같아."

"호오, 재미있을 것 같네요."

나는 그 두 게임의 PV를 두 사람에게 보여주었다.

[페어리즈 소울]의 PV를 보니 환상적인 세계관과 스토리성이 있는 퀘스트가 있는 모양이었고, 캐릭터 메이크 단계에서 OSO에는 없는 엘프나 드워프 같은 다양한 판타지 종족이 될 수 있다는 게 세일즈 포인트인 것 같았다.

[스텔라 기어]는 PV를 보니 여러 파츠로 구성되어 있는 파워드 슈트―――, 스텔라 기어를 조종해서 미션을 공략해 나가는 게임인 것 같았다.

필드에는 육, 해, 공, 우주 같은 무중력 공간, 월면 같은 다양한 필드에서 적성 스텔라 기어 부대나 적 함대, 대형 몬스터 등을 격파해서 미션 보수로 돈과 파츠 소재를 손에 넣고 커스텀 파츠도 입수할 수 있는 모양이었다.

미션을 수행하며 경험치를 쌓으면 플레이어의 레벨도 오르고 마음에 드는 파츠를 편성해서 전투를 반복하면 파츠 자체도 성장한다.

그 밖에도 미션 모드, 스토리 모드, 대전 모드 등, 다양한 요소가 있는 것 같았다.

로봇 게임으로서 남자의 로망을 여러 모로 자극하는 커스텀 파츠가 있어서 재미있을 것 같긴 했다.

특히 로망 장비인 파일 벙커를 철컹철컹 울리는 걸 보니 약간 흥분했지만…….

"……고속으로 싸우면 멀미가 날 것 같아서, 나는 좀 힘들 것 같아."

"앗, 저도 그런 생각을 했어요. 멋있긴 한데, 조작이 힘들 것 같네요."

등에 달린 스러스터로 가속하는 모습이나 입체적인 움직임을 보고 있자니, 3인칭 시점으로 보는 건 괜찮아도 VR로 1인칭 조작을 하게 되면 시야가 빙글빙글 돌아서 멀미가 날 것 같다.

"뭐, 이런 게임이 나왔으니 내 친구 플레이어들 중에는 [페어리즈 테일]하고 [스텔라 기어]를 하는 사람들이 많거든."

OSO 메뉴에 있는 프렌드 리스트에는 '로그인'과 '로그아웃' 외에도 최근에 새롭게 추가된 다른 게임 플레이 중을 나타내는 글자가 보였다.

일단 다른 VR 게임을 플레이하고 있더라도 로그인 중이라면 프렌드 통신이 가능한 모양이었다.

VR 타이틀이 더 늘어나면 이렇게 되는구나……, 감탄하면서 새로 나온 두 VR 타이틀을 플레이 중인 플레이어를 보니 꽤 많았다.

내가 아는 사람들 중에는 뮤우 파티가 [페어리즈 테일]을, 타쿠와 간츠가 [스텔라 기어]에서 협력 플레이를 열심히 하고 있는 모양이었다.

그 이야기를 들은 라이나가 약간 겁을 먹었다.

"호, 혹시, 톱 플레이어들이 다른 게임으로 넘어가서 [OSO]가 쇠퇴해버리는 건가?!"

신작 VR 게임 이야기를 들은 라이나가 불안한 듯한 표정을 지었기에 내가 냉정하게 부정했다.

"그렇진 않을걸? VR 기어도 순조롭게 계속 팔리는 모양이고, 다른 게임으로 넘어가서 줄어든 플레이어들 만큼 새로운 유저도 들어오고 있잖아."

[아트리엘]과 마기 씨 가게에서 위탁 판매하고 있는 소비 아이템의 판매량을 보니 초보용 아이템도 많이 팔리고 있었기에, 초보 플레이어들이 늘어나고 있다는 걸 알 수 있었다.

"그렇구나……, 그러면 안심이려나?"

내 대답을 듣고 안심한 라이나가 마음을 다잡고 중얼거렸다.

"레티아네는 어떻게 지내? 잘 있어?"

OSO 플레이어 인구 변화에 일희일비해봤자 아무 의미 없다. 화제를 돌릴 생각으로 두 사람이 소속된 길드의 길드 마스터인 레티아에 대해 물어보았다.

그러자 라이나가 토라진 듯이 입을 삐죽대며, 알과 함께 레티아에 대해 말해주었다.

"레티아 씨는 에밀리 씨, 벨 씨하고 함께 수해 에리어의 안쪽에 한동안 전념하는 것 같아……."

"이야기를 들어보니 레티아 씨 취향인 MOB을 발견한 모양이라 그 애를 사역 MOB으로 만들 때까지 절대로 돌아오지 않겠다고 한 것 같아요."

새로운 사역 MOB 이름은 사츠키라네요. 알이 이어서 그렇게 말했다.

왠지 그 상황이 금방 떠오르네, 그렇게 생각하며 무심코 쓴웃음을 지어버렸다.

"그렇구나. 뭐, 나도 슬슬 [아트리엘]에서 할 일도 별로 없으니까 잠깐 산책이라도 하러 갈까."

라이나와 알이 가게에서 나가면 쿄코 씨에게 가게를 맡기고 뤼이네를 데리고 산책하러 나갈 생각이다.

그러자 내 말을 들은 라이나가 기대가 담긴 듯한 눈빛으로 나를 보았다.

"우리도 윤 씨가 산책할 때 따라가도 될까?"

"잠깐, 라이. 윤 씨를 따라가면 폐가 되잖아!"

알이 말렸지만, 라이나는 포기하지 않았다.

"그래도 윤 씨잖아! 아무렇지도 않게 하는 행동도 우리에게는 깜짝 상자 같은 일일 거라고!"

"음……, 뭐……, 그렇긴 한데……."

"아니, 그런 말은 부정해줬으면 하거든……."

알이 머뭇거리며 부정하지 않는 걸 본 나는 두 사람에게 눈을 흘겼다.

"정말……, 따라오는 건 상관없긴 한데, 재미있진 않을 거야. 그냥, 1주년 업데이트 이후의 변화를 조사하기 위해서 근처 에리어를 산책하거나, 노점 같은 곳에서 아이템이나 소재를 진열해두었는지 확인하는 게 다니까."

1주년 업데이트 이후———, 기존 에리어의 [번개돌 파편]이나 외딴섬 에리어 남쪽의 [선플라워]처럼 채굴이나 채집 가능한 신규 아이템이 추가되었다.

그러한 업데이트 이후의 변화를 산책도 할 겸 조사하러 가는 것뿐이다.

"그렇다면 맡겨줘! 우리도 1주년 업데이트의 변화 같은 걸 알거든! 레티아 씨네를 따라가지 못해서 심심했단 말이야."

"라이, 너무 억지스럽잖아. 윤 씨, 잘 부탁드릴게요."

라이나도 1주년 업데이트로 인한 변화를 알고 있다며 으스댔고, 그런 라이나를 본 알이 살짝 한숨을 쉬었다.

결국, 라이나와 알도 나와 함께 산책하러 가게 되었다.

내가 모르는 1주년 업데이트의 변화를 알고 있다고 하니 나는 약간 기대하며 가게를 나섰다.

1장 업데이트 완화와 다시 간 요정향

우리는 곧바로 1주년 업데이트 이후의 변화를 보기 위해 자신만만해하는 라이나를 따라 제1마을을 둘러보았다.

"이곳이 1주년 업데이트 때 음식 아이템이 충실해진 빵집이야!"

"예전에는 일반적인 빵이나 샌드위치 중심이었는데 업데이트 이후에는 다른 빵들도 늘어났거든요."

"오오, 정말로……, 예전보다 늘어나긴 했네."

NPC가 경영하는 빵집의 상품들을 보고 감탄했다.

여긴 거의 올 일이 없고, 온다 해도 샌드위치 같은 요리에 쓸 식빵이나 튀김용 빵가루 같은 걸 사는 정도에 불과했지만, 포장해 갈 수 있는 가벼운 식사 같은 요소가 강화되었다.

"다른 마을의 빵집도 각각 파는 상품이 달라. 내가 제일 추천하는 건 제2마을에 있는 마사의 빵집에서 파는 밀크빵! 달콤하고 부드러워서 맛있었어."

"호오~, 그렇구나."

시험 삼아 그 빵집에서 파는 건포도가 들어간 버터롤을 하나 산 다음 뜯어서 뤼이 일행과 함께 나눠 먹었다. 맛이 괜찮았다.

"그리고, 이쪽에 있는 가게는 과자 가게야! 다양한 과자를 판다고!"

"예전까지는 없던 가게인데, 과자 말고도 모험 중에 먹기 편한 시리얼 바 같은 것도 파니까 만복도를 회복시키는 데 편리해요. 그리고 가게의 NPC는 식재료 수집 퀘스트 NPC이기도 하고요."

"호오, 이쪽도 맛있을 것 같은데."

이쪽 가게에는 마침 배를 넣은 데니쉬가 있었기에 몇 개 샀다.

뤼이 일행은 방금 산 데니쉬를 먹고 싶어 했지만, 나중에 간식으로 먹을 거라고 하며 달랜 다음 인벤토리에 넣었다.

"그리고, 저쪽에 보이는 건———."

"……아니, 잠깐만."

"왜. 저 여관 식당의 치킨라이스는 조금 비싸긴 하지만 버프 효과가 있고 정말 맛있어."

빵집, 과자 가게 다음으로 여관 식당을 향해 걸어가려던 라이나를 내가 말리자 라이나가 약간 불만이라는 듯이 입을 삐죽댔다.

"너희가 알고 있는 1주년 업데이트 변화라는 게 전부 먹는 것 쪽이야?"

내가 무심코 그렇게 묻자 알이 미안하다는 듯이 고개를 끄덕였다.

"저기, 레티아 씨하고 함께 다니다 보니 아무래도 먹는 것 쪽으로 잘 알게 되네요."

"맡겨만 줘! 레티아 씨가 추천하는 플레이어의 노점이나

NPC 가게 같은 곳도 알고 있으니까!"

레티아가 영향을 주었다는 걸 알게 되자 납득했다. 나는 쓴웃음을 지었다.

"그런데 여관 같은 곳은 신경 쓴 적이 없었네. 예전부터 있었나?"

"아뇨, 저기도 1주년 때 추가된 시설이에요. 여관의 방에서 로그아웃하면 다음에 로그인할 때 일정 시간 동안 HP가 늘어나는 버프를 받을 수 있다네요."

"오, 의외로 편리하네."

화산 에리어에 있던 온천과 마찬가지로 특정 시설을 이용하면 일시적으로 버프를 받을 수 있는 모양이다.

그 이후로도 라이나, 알과 함께 제1마을을 중심으로 업데이트 변경점 찾기……, 라기보다는 군것질을 즐겼다.

도중에 레티아가 자주 가는 단골 노점에 들렀다. 노점의 플레이어에게 마을을 돌아다니며 1주년 업데이트의 변경점을 찾고 있다는 이야기를 하자, 그들이 알고 있는 정보를 가르쳐주었다.

"오, 업데이트 이후에 뭐가 바뀌었는지 찾아다니고 있는 거야? 그렇다면 이 근처에 추가된 퀘스트 NPC를 가르쳐줄게."

"어?! 정말로?"

노점에서 산 크레이프를 먹던 라이나가 기쁜 듯이 그렇게 소리치자 노점 플레이어가 밝은 미소를 지었다.

"그래, 레티아 씨가 항상 사먹으러 와주니까."

""감사합니다!""

나와 알은 고맙다고 인사하며 구입한 크레이프를 다 먹은 다음, 그가 가르쳐준 퀘스트 NPC를 만나러 갔다.

"아, 보아하니 너희는 마을 밖으로 자주 나가는 모양이군. 실은 부탁이 있는데."

"오, 이 사람이 추가된 퀘스트 NPC 같네. 어떤 내용일까?"

제1마을 퀘스트 NPC니까 초보에게 적합한 내용이려나? 아니면 일정 이상의 레벨 같은 조건을 달성해야 받을 수 있는 식으로 난이도가 높은 퀘스트인가?

그렇게 생각하며 메뉴에 뜬 퀘스트 개요를 확인했다.

───**호위 퀘스트 : 지질학자를 호위하라.**

NPC : 지질학자 테리는 광산에 광물 자원을 조사하러 가려 한다. 그를 안전하게 제3마을까지 호위하라.

※퀘스트 수주 중에는 NPC 테리가 플레이어와 동행하며, 그동안에는 포탈 등의 전이 오브젝트를 사용할 수 없습니다.

"그렇구나, 좀 발전된 초보용 퀘스트인가?"

지금 우리에게는 그리 어렵지 않겠지만, NPC를 지키면서 서쪽으로 나아가서 제3마을로 들어가는 것을 방해하는 에리어 보스인 골렘을 쓰러뜨리는 초보자용 퀘스트 같은 느낌일 것이다.

"윤 씨는 이 퀘스트를 받으실 생각인가요?"

"아니, 받을 생각은 없는데. 아직 마을을 돌아다니는 도중이고…… ."

딱히 지금 당장 받을 필요가 있는 것도 아니고, 보수도 그리 짭짤한 것 같지 않았기에 그냥 넘어갈 생각이다.

"어~, 재미있을 것 같은데…… ."

"너무 그러지 마, 라이. 나중에 둘이서 받자."

라이나는 약간 흥미가 있었는지 퀘스트 NPC를 아쉽다는 듯이 바라보았지만, 알이 달래자 그곳을 떠났다.

그 이후로도 마을 안을 돌아다니며 장비를 파는 NPC 가게에도 들렀다.

"그러고 보니 NPC 무기 상점도 거의 이용해본 적이 없었네."

"윤 씨는 생산직이니까, 필요한 게 있으면 전부 알아서 마련해버리잖아."

OSO를 시작한 당시에 활과 화살을 사러 왔지만, 그 이후로는 돈을 절약하기 위해 [합성] 센스로 자작했기에 NPC 무기 상점을 이용한 기억이 없다.

지금은 노점에서 팔기 힘들 것 같은 아이템을 팔기 위해서나 총알을 합성하기 위해 필요한 [빈 약협]을 살 때 정도만 이용한다.

하지만 그런 아이템의 매매도 NPC인 쿄코 씨에게 맡겼기에 실제로 온 건 오랜만이다.

"상품이 늘어난 건 알겠는데……, 점원도?"

"그 변화는 1주년 업데이트 이전에 생긴 거예요. 제1마을은 거의 모든 플레이어들의 거점이니 꽤 폭넓은 레벨대의 장비를 팔게 되었다는 이유도 있고, 상품의 숫자가 늘어났기에 무기와 액세서리로 점원 NPC를 나누어두었거든요."

"호오~, 그랬구나."

물론 폭넓은 레벨대의 장비를 팔고 있긴 하지만 어디까지나 각 적정 레벨의 최저 수준 장비이고, 더 강한 NPC제 장비를 원한다면 다른 마을에 있는 무기 상점이나 NPC에게 갈 필요가 있다고 한다.

그런 느낌으로 무기 상점의 점원 NPC 앞에 서서 예전보다 종류가 늘어난 상품 라인업을 바라보았다.

그중에서 신경 쓰이는 무기를 발견했다.

"일삼의 무기 시리즈?"

명칭이 통일된 무기를 골라서 스테이터스를 확인했다.

일삼의 검 [무기]
추가 효과 : [고정 대미지 13]
일삼의 무기는 '일단 삼보 나선다'라는 마음가짐과 함께.
초전을 화려하게 장식하지는 못하더라도 맞추기만 하면 실패는
없다.

다른 시리즈 무기와 마찬가지인 설명 문구를 보니 맞추기만 하면 반드시 13 대미지를 입히게끔 해주는 무기인 모양이다.

"13이라는 숫자라서 일삼인가……."

"아마 처음 시작할 무렵에는 스테이터스와 상관없이 대미지를 입혀주는 무기도 좋을지도 모르겠네요."

알도 일삼의 무기 시리즈를 확인하고는 그렇게 중얼거렸다.

OSO를 시작한 초보가 고정 대미지 무기를 통해 초반에 나타나는 MOB을 간단히 쓰러뜨리고 전투에 자신감을 가지기에는 좋을 것 같다.

그런 다음, 고정 대미지 무기를 든 채 더 강한 적 MOB에게 도전했다가 전투가 힘들다는 걸 알게 된다.

그때 고정 대미지 무기를 일반적인 무기로 교체함으로써 고정 대미지보다 더 높은 대미지를 입힐 수 있게 되면 좀 전에 고전했던 건 대체 뭐였던 걸까, 라는 사실을 깨닫게 되는 거다.

그러한 초보 플레이어의 흐름이 쉽사리 상상된다.

그런 한편, 라이나는 먼저 액세서리를 판매하는 NPC의 상품을 보고는 말했다.

"앗, 이쪽에도 예전에는 없던 액세서리가 꽤 있네."

"정말로? 어디 보자."

이번에는 나와 알이 라이나가 발견한 상품 라인업을 확인했다.

"봐, 이 [찬스의 팔찌]라는 액세서리. 추가 효과가 [원 모어]래."

찬스의 팔찌 [장식품] (중량 : 3)
LUK + 1 추가 효과 : [원 모어]

"[원 모어]의 추가 효과는 랭크가 낮은 소비 아이템을 사용 시 일정 확률로 소비하지 않게끔 해주는 것 같은데요."

"원 모어 찬스……, 당첨이 나오면 하나 더, 같은 느낌의 액세서리구나."

LUK 스테이터스를 올려주는 몇 안 되는 액세서리이고, 일정 확률로 소비 아이템의 소모를 막아주는 효과도 재미있다.

랭크가 높은 소비 아이템에는 효과가 없는 걸 보니 초보를 위한 기능일 것 같다는 생각이 들었다.

그 밖에도 [다재무능의 팔찌]라는 것도 발견하고 쓴웃음을 지었다.

"윤 씨, 왜 그러세요? 뭐 재미있는 거라도 있던가요?"

"응? 아니, 재미있다고 해야 하나, 내가 시작했을 때와는 달리 편리한 게 있구나 싶어서."

다재무능의 팔찌 [장식품] (중량 : 6)
DEX + 3 추가 효과 [다재무능]

내가 발견한 [다재무능의 팔찌]의 추가 효과는 모든 무기, 방어구를 장비할 수 있게 되고 공격 판정이 생긴다는 것이었다.

"어?! 그거 엄청 강한 거 아니야?!"

"아니, 그렇게까지 좋은 건 아니야. 그냥 공격 판정이 발생하기만 할 뿐, 센스 보정도 없고, 습득하지 않은 아츠나 스킬을 쓸 수도 없으니까."

제일 알아보기 쉬운 건 대장장이인 마기 씨가 가지고 있는 [야금] 계열 센스려나.

자신이 만들 수 있는 무기를 전투 때 사용할 수는 있지만, 어디까지나 사용할 수 있을 뿐, 보정 같은 건 없다.

그리고 [다재무능의 팔찌]는 편리할 것 같지만, 장비 중량이 6이나 되기 때문에 액세서리 장비칸의 압박 때문에 실용적이지 못하다.

아마 그 중량은 추가 효과의 부작용일 테니 [교체용 소형 망치]로 다른 액세서리에 옮기더라도 개선되진 않을 것이다.

"뭐야. 좀 아쉽네."

"그래도 윤 씨는 좀 기뻐 보이시던데요."

라이나는 금방 흥미를 잃었지만, 알은 내 반응이 신경 쓰인 것 같았다.

"아니……, 내가 OSO를 시작했을 때는 센스 선택을 조금 실수했다는 느낌이라서. 만약 처음부터 이 팔찌가 있었다면 플레이 스타일이 좀 달라졌을 것 같다는 생각이 들었거든."

물론, 지금 같은 플레이 스타일이 된 걸 후회하는 건 아니다.

하지만 OSO를 시작했을 당시에는 얼마 안 되는 SP(센스 포인트)로 센스를 취득했기 때문에 다루기 힘들고 인기가 없는 센스를 빼두고 다른 센스를 다시 취득할 여유도 없었다.

만약에 처음부터 [다재무능의 팔찌]가 있었다면 내가 쓰기 편한 무기를 찾아내서 플레이 스타일이 전혀 달라졌을지도 모르겠다.

"흐음~. 그럼 만약에 윤 씨라면 식칼을 단검이나 칼 대신 쓰고 있으니까 사무라이나 암살자처럼 되었을지도 모른다는 뜻이야?"

"윤 씨는 토속성 마법을 쓰니까 나처럼 순수한 후위 마법사가 되었을지도 몰라."

"마음만 먹으면 그런 것들도 할 수 있지만 말이지."

달라질 수도 있었을 내 플레이 스타일을 상상하는 라이나와 알. 그걸 듣고 지금과 별 차이가 없다는 생각이 들어서 살짝 웃었다.

"그럼 윤 씨는 만약에 플레이 스타일을 바꿀 수 있다면 어떻게 했을 건데?"

두 사람의 상상을 듣고 웃은 내게 라이나가 호기심이 생겼는지 물었다.

"음~, 글쎄……."

진지하게 만약에 그때 다른 센스를 선택했다면……, 하고 생각하다가 혼자서 웃음을 터뜨렸다.

"딱히 생각이 안 나네. 지금하고 똑같은 플레이 스타일이 되었을지도 모르지."

근접 공격은 잘하지 못하니까 원거리 공격 수단을 선택했을 테고, 퀘스트나 전투를 하기 위해 정신없이 돌아다니는 것보다는 느긋하게 하고 싶은 걸 하면서 지내는 쪽을 더 좋아한다.

아이템을 이것저것 모으는 것도 좋아하고, 그걸 스스로 가공하거나 합성해서 다른 아이템으로 바꾸는 것도 좋아하니 결국 궁수이자 생산직이 되었을지도 모르겠다.

내가 그렇게 대답하자 라이나와 알도 한순간 멍해졌다가 나와 마찬가지로 살짝 웃었고, 구경을 마친 우리는 다시 정처 없이 마을을 돌아다니게 되었다.

●

우리가 NPC 무기 상점을 구경하는 동안, 어린 동물 형태가 되어 있던 뤼이의 등엔 자쿠라와 장난꾸러기 요정인 플랜이 탄 채 조용히 기다리고 있었다.

그런데 가게 구경을 마치고 돌아보자 불만이라는 듯이 볼을 부풀린 플랜이 우리를 귀엽게 노려보았다.

"으으……."

"플랜, 왜 그래? 토라진 듯한 표정인데."

"질렸어~! 마을 구경은 질렸다고~! 나는 밖에 가고 싶어!"

갑자기 그렇게 소리친 플랜은 뤼이 등 위에서 발을 버둥 거리며 뤼이의 등을 툭툭 치고는 따졌다.

등 위에서 플랜이 그렇게 날뛰자 뤼이가 성가시다는 듯이 돌아다보다가 푸르르, 한숨 같은 소리를 내고는 나에게 어 떻게 좀 하라는 듯한 눈빛을 보냈다.

"어어……, 마을 밖이라고 해도 어디서 뭘 하고 싶은 건데?"

"음……, 일단 이판사판으로 나가보는 거지?"

그렇게 말하며 고개를 살짝 갸웃거리는 플랜. 자쿠로도 고개를 갸웃거렸다. 내가 라이나와 알에게 의견을 묻자 둘 은 쓴웃음을 지었다.

"뭐, 괜찮지 않을까? 마을 밖에도 1주년 업데이트로 인해 변화가 생긴 부분이 있을지도 모르고."

"저도 상관없어요. 요정에게 맡기면 어떤 곳으로 안내해 줄지 기대가 되네요."

일행인 라이나와 알에게 허락을 받은 다음, 플랜에게 말 했다.

"그럼, 마을 밖으로 갈까."

"앗싸~! 나를 따라오라고~!"

플랜은 그렇게 말한 다음, 뤼이 등에서 날아오르고는 앞 장서려는 듯이 나아갔다.

그런 플랜 뒤를 쫓아가다가 알이 물었다.

"그러고 보니까, 윤 씨는 어느새 요정에게 이름 같은 걸 지어주셨나요?"

"응? 아, 1주년 업데이트가 된 이후에 이름을 지어달라고 하길래 지어줬더니 그대로 사역 MOB이 되었어."

"어?! 사역 MOB이 됐다고?! 그냥 도우미 NPC였는데!"

예전에는 [아트리엘]에 찾아와서 [요정향의 화왕밀]을 옮겨주거나 [요정의 비늘가루] 같은 걸 알아서 떨어뜨리고 가는 분위기 메이커 같았지만 내 사역 MOB이 되어주었다.

아마 1주년 업데이트 때 요정 퀘스트가 상시화된 영향으로 사역 MOB이 된 게 아닐까 하는 예상을 말했다.

"그러고 보니까, 라이나랑 알은 요정 퀘스트는 공략했어?"

1주년 업데이트 직후에 [스타 게이트]를 통해 여름 캠프 이벤트 무대가 된 부유섬에 가면서 불렀을 때는 둘 다 공략하지 않았다고 했었다. 지금은 어떤지 궁금해서 물어보았다.

"이미 공략했죠. 중소 길드의 지인이랑 파티를 짜서 도전했어요."

"나도 레티아 씨나 윤 씨의 요정처럼 귀여운 파트너를 원했는데, 동료가 되지 않아서 아쉬웠지. 뭐, 예전에 하지 못했던 퀘스트를 달성한 건 좋지만."

그렇게 이야기하는 사이에 앞장선 플랜을 따라 제1마을 서쪽으로 나가서 숲으로 들어갔다.

"이봐, 플랜. 어디로 데리고 갈 셈이야?"

"아하하하하핫! 비밀이야~!"

신이 나서 웃으며 서쪽 숲 안으로 나아가는 플랜을 따라
갔다.

중간에 발견한 적 MOB을 쓰러뜨리거나 아이템을 채집하
기도 했지만, 그 근처 에리어에는 딱히 1주년 업데이트로 인
한 변화가 느껴지지 않았다.

그렇게 숲속을 걸어가다 보니 뭔가 공기의 벽 같은 것을
통과한 듯한 위화감이 들었다.

"얘들아~, 도착했어~!"

"어? 여긴, 설마———, 페어리 서클!"

원형으로 풀이 눌린 공간. 우리가 그 안으로 들어가자 장
난꾸러기 요정 플랜이 씨익 웃으며 돌아보았다.

"그럼, 간다~! ———[전송]!"

"잠깐 기다———?!"

"———꺄악(으앗)?!"

내가 플랜을 말리려고 소리쳤지만 이미 페어리 서클 주위
가 빛났고, 라이나와 알도 소리를 지르고 있었다.

전이할 때 느껴지는 가벼운 부유감과 눈 부신 빛. 나는 팔
을 앞으로 든 채 눈을 감았다.

잠시 후 빛이 사그라들어 조심조심 눈을 떠보니 꽃이 잔
뜩 피어나 있었고, 빛나는 나무들 사이를 날아다니는 요정
들이 많이 보였다.

"여긴, 요정향? 이제 올 일이 없을 줄 알았는데⋯⋯."

"흐흥~! 요정 여왕님하고 우리 요정이 남몰래 노력한 덕

분에 요정향이 다시 복구된 거야! 아름답지!"

그렇게 말하며 으스대는 듯한 표정으로 요정향을 소개해 주는 플랜. 나는 감탄하며 주위를 둘러보았다.

"대단하네……, 원래 요정향은 이랬구나……."

요정 퀘스트를 할 때는 보스 MOB인 카니발 플랜트 때문에 황폐해진 광경만 보았기에 무심코 멍해져 버렸다.

빛나는 나무들 말고도 요정들이 올라서면 튀어오르는 신기한 버섯이나 맛있어 보이는 나무 열매 같은 것들도 있었고, 꽃의 꿀이나 벌꿀 같은 것들을 옮기는 모습도 보였다.

"대단하네! 이런 곳이 있다는 건 처음 알았어! 레티아 씨 같은 사람들에게도 가르쳐 줘야겠는데!"

"그런데 어떻게 들어오는 걸까요? 조건은 뭐죠?"

요정향을 보고 감동한 라이나가 빙글빙글 돌면서 주위를 둘러보는 와중에도 알은 복구된 요정향 에리어에 들어올 수 있는 조건을 생각했다. 장난꾸러기 요정 플랜이 뽐내며 가르쳐 주었다.

"우리 요정이 인도해줘야 올 수 있는 곳이라고! 자, 재미있게 지내!"

"그러니까, 요정 NPC와 일정 이상 우호도 같은 걸 쌓아야 초대를 받을 수 있다는 건가? 레티아 씨는 파트너로 삼았는데, 그게 조건이면 너무 어렵지 않나?"

"그것 말고도 요정 퀘스트를 한 번이라도 클리어한 게 조건 아닐까?"

알이 조건에 대해 예상했기에 나도 덧붙여 말했다.

나나 레티아처럼 요정들을 사역 MOB으로 삼지는 않았지만, 마기 씨와 리리, 클로드, 에밀리 양은 요정들과 우호 관계를 맺었다.

그리고 최근에는 야생 요정 NPC와 만날 기회도 늘어났다.

그렇게 요정들과 우호도를 쌓고 요정 퀘스트를 클리어한 플레이어가 요정향에 초대를 받을 수 있는 것 같다.

그렇게 예상하며 요정향을 나아가다 보니 나무 그루터기에 앉은 요정 여왕이 많은 요정들에게 둘러싸여 있었다.

"어머, 어서 오세요. 요정향을 구해주신 인간들. 또 와주셨군요."

요정 여왕이 투명한 느낌이 드는 목소리로 기쁜 듯이 그렇게 말했다.

"실례합니다."

내가 고개를 살짝 숙이자 라이나와 알도 약간 긴장한 듯한 표정으로 고개를 숙였고, 요정 여왕이 쿡쿡 웃었다.

"요정향이 복구되었다고는 해도 인간이 좋아할 만한 게 있을지는 모르겠습니다만, 마음껏 구경하세요."

요정 여왕은 그렇게 말하고 다시 요정들과 장난을 치려다가 문득 우리를 돌아보았다.

"그렇지. 뻔뻔한 부탁이긴 한데, 들어주실 수 있을까요?"

"음……, 일단은, 네."

갑작스러운 부탁에 동요하면서도 고개를 끄덕이자, 함께

나란히 서 있던 라이나와 알도 뭐가 시작되는 건가 긴장하면서도 요정 여왕이 이야기를 꺼내기를 기다렸다.

"요정향의 복구가 진행되고 있긴 합니다만, 사실 아직 이 땅의 곳곳에는 마물의 저주가 남아 있습니다. 그것을 정화하는 걸 도와주실 수 있을까요?"

그 순간, 메뉴에 퀘스트 개요가 떴다.

———[퀘스트 : 정화하라, 요정향의 저주]

요정향을 괴멸 상태로 몰아넣은 카니발 플랜트의 저주가 이 땅에 남아있다.

목적은 지역 네 군데의 저주를 정화하고 복구된 요정향의 평화를 지키는 것.

갑작스럽게 받은 퀘스트를 보고 라이나와 알이 어떻게 할 거냐는 듯이 나를 바라보았다.

라이나와 알은 퀘스트 내용을 차분히 확인하기 위해 입을 다물었고, 플랜이 나를 올려다보았다.

"요정 여왕님께서 곤란해하시는데, 우리 고향을 구해줄 거야?"

그렇게 약삭빠르게 올려다보며 부탁하면 거절할 수가 없잖아. 그런 생각이 들어서 쓴웃음을 지었다.

라이나와 알도 결심한 모양이었다.

"마을에서 발견했던 퀘스트보다 더 흥미도 있고, 나는 해

보고 싶어."

"저도 해보고 싶어요."

"그럼 해볼까."

이것도 요정 퀘스트의 상시화로 인해 추가된 신규 퀘스트 겠지. 나는 그렇게 생각하며 퀘스트를 수주했다.

──[퀘스트 : 정화하라, 요정향의 저주 0/4]

요정향에 퍼져 있는 네 군데의 저주받은 지역을 정화하라.

"인간들이여, 요정향의 저주받은 지역을 잘 부탁드립니다."

"자, 얘들아! 이쪽이 제일 가까워!"

그렇게 말하며 고개를 크게 숙인 요정 여왕. 우리는 여왕 과 귀여운 요정들에게 배웅을 받은 뒤, 장난꾸러기 요정 플 랜의 안내에 따라 요정향의 저주받은 지역으로 향했다.

도중까진 요정향의 나무들 사이를 날아다니는 다른 요정 들도 보였지만, 저주받은 지역으로 다가가자 기척이 사라 졌다. 숲의 빛도 서서히 어두워지는 게 느껴졌다.

"여기가 첫 번째, 저주받은 큰 나무야!"

"우와……, 왠지 엄청 까맣네."

우리가 올려다본 것은 검은 먹 같은 것으로 더럽혀진 큰 나무 오브젝트였다.

그 표면이 꿈틀대고 있어서 왠지 생리적인 혐오감이 들 었다.

저주받은 큰 나무의 저주——— 1000/1000

"뭔가 저주에 HP 같은 스테이터스가 있는데……."

"조심해! 저 저주에서 마물이 생겨나니까!"

플랜이 경고한 직후, 큰 나무 줄기에서 까만 안개가 뭉쳐서 커다란 나비 형태를 여럿 이루었다. [요마 나비]라는 적 MOB이었다.

"라이나, 알! 전투가 시작될 거야!"

"나도 알아!"

"저도 괜찮아요!"

저주의 정화라는 게 저 까만 적 MOB을 쓰러뜨리면 되는 건가? 그렇게 생각한 우리가 무기를 겨눈 직후, 나무 줄기에서 커다랗고 검은 나비들이 날아들었다.

하지만———.

"해치워버려, 뤼이!"

『뀨우뀨우!』

플랜이 뤼이 머리 위에서 지시를 내리고, 자쿠로가 응원 같은 울음소리를 냈다. 뤼이가 코로 소리를 내면서 성수화하여 정화를 사용했다.

『KYAAAAAAAAAAAAA———.』

""""———어?""""

파앗, 주위에 빛이 내리쬐었다. 날아온 검은 나비들이 몸부

림치며 땅바닥에 떨어진 다음, 빛의 입자가 되어 사라졌다.

　"……저기, 방금 뤼이가 한 거지?"

　"앗, 보세요! 저주 수치가 떨어졌어요."

　전투가 시작되나 싶었는데 갑작스럽게 적이 소멸하자 멍해진 나. 라이나와 알이 먼저 정신을 차렸다.

　"음……, 그러니까, 뤼이의 정화가 이번 퀘스트에 효과적이라는 거구나."

　어떠냐, 라고 말하는 듯 뤼이가 코로 소리를 냈고, 다시 저주받은 큰 나무에 정화를 사용했다.

　다시 저주의 수치가 눈에 띄게 줄어드는 걸 보며 우리는 일단 정보를 정리했다.

　"음, 아마 저주의 본체인 오브젝트에는 뤼이의 정화나 [해주] 스킬, 그리고 아이템이 효과적인 거고……."

　"그리고 그런 효과적인 수단이 없더라도 저주받은 오브젝트가 수치를 줄이면서 적 MOB을 만들어내니까 적을 쓰러뜨리다 보면 언젠가는 사라질 것 같네요."

　"뤼이, 대단하네! 이제 퀘스트도 금방 끝나겠어! 앗, 또 새로운 녀석이 나타났네! 하아아앗!"

　나와 알이 함께 정보를 확인하는 한편, 라이나가 만세를 부르며 기뻐하다가 새롭게 나타난 검은 나비를 창으로 찔러서 쓰러뜨렸다.

　"뭐, 할 일은 정해졌네. 나는 큰 나무에 해주약을 뿌릴게."

　"저는 장비 센스에 [회복]을 장착하고《디스펠》을 쓸게요."

"나는 뤼이네를 지키기 위해서 까만 녀석들을 쓰러뜨리면 되는 거지!"

곧바로 셋이서 저주받은 오브젝트의 정화 작업에 들어갔다.

뤼이의 정화를 발동시키는 데 필요한 MP는 내가 대신 소모하기 때문에 MP 포트를 마시면서 해주약을 나무 줄기에 뿌렸고, 알도 《디스펠》을 사용했다.

라이나는 뤼이 일행을 지키면서 나타난 적 MOB을 모조리 쓰러뜨렸고, 뤼이의 정화가 나무 전체에 쏟아져 내렸다.

그렇게 해주 작업에 들어가자 까맣게 물들어 있던 큰 나무가 서서히 하얗게 바뀌었고, 저주 정화를 마쳤을 무렵에는 큰 나무가 빛나서 어두웠던 주위도 밝게 느껴졌다.

"휴우, 왠지 기분이 좋았어."

"적 MOB을 쓰러뜨리거나 정화를 한다기보다는 얼룩을 닦아내는 듯한 기분이었어요."

실제로 큰 나무에 해주약과 《디스펠》을 사용해보니 뽀글뽀글 하얀 거품 같은 것에 뒤덮인 뒤에 검은 것이 사라졌다.

물론 검은 것이 없는 곳에 정화 작업을 해도 효과는 별로 없었기에 계속 검은 부분만.

알이 이런 작업을 얼룩 제거라고 표현한 게 너무 정확해서 웃음이 나왔다.

"자, 다음 장소로 얼룩을 닦아내러 가자!"

"우리 요정향을 팍팍 깨끗하게 만들자고~!"

"""오~(뀨우~)!"""

나와 알이 정화의 만족감에 젖은 사이, 라이나는 플랜, 자쿠로와 함께 소리를 지르며 다음 정화 장소로 향했다. 뤼이도 성큼성큼 따라갔다.

　그리고 저주받은 오브젝트 세 군데를 돌아다니며 중간에 까만 적 MOB을 쓰러뜨리고, 정화와 해주약, 회복 마법 등을 사용해서 까만 것들을 닦아나갔다.

　기분이 마치 평소에 닦지 않았던 얼룩을 제거하는 연말 대청소 같았다.

●

　"휴우, 저주받은 지역의 얼룩을 전부 닦아냈다!"

　따스한 햇살이 나뭇잎 사이로 스며드는 큰 나무, 아름다운 꽃들이 피어난 숲속의 꽃밭. 아름다운 수초가 흔들리는 투명한 연못, 숲속에 조용히 자리잡고 있던 이끼 낀 바위———, 전부 까만 것에 뒤덮인 채 칙칙해져 있던 오브젝트가 원래의 아름다운 모습을 되찾았다.

　그리고 기분 좋은 만족감과 함께 돌아오자, 요정 여왕이 우리를 맞이해 주었다.

　"감사합니다. 이제 마물의 저주도 사라졌습니다. 이건 얼마 안 되지만 저희가 마음을 담아 드리는 보답입니다."

　요정 여왕이 그렇게 말하고 나서 우리에게 숨을 불어넣었다. 각자 손등에 금빛 문양이 빛났다.

"으엑?! 이게 뭐야!"

"윤 씨, 문양이 떠올라 있는데요!"

"멋지다! 이게 뭐지?"

손등에 떠오른 문양을 바라보는 우리를 향해 요정 여왕이 우아하게 미소 지었다.

"저기……, 어떻게 된 거야? 아니, 아! 이거, 액세서리구나!"

나는 장비 메뉴의 액세서리에서 요정 여왕에게 받은 문양을 확인하고는 그것을 해제했다.

"윤 씨, 이것도 액세서리인가요?"

"그래, 타투 씰 같은 타입이라 희귀한 거야."

알도 마찬가지로 그것을 떼었고, 라이나는 손등에 떠오른 문양을 조용히 다양한 각도에서 보고 있었다.

요정의 문양 [장식품] (중량 : 1)
추가 효과 : [마법 효과 상승(소)], [강화 환경(삼림)]
요정 여왕이 인정한 자에게 내려주는 증표. 요정이 있는 삼림에서 이 문양은 수호의 힘을 발휘한다.

설명 문구에 적힌 대로, 추가 효과 [강화 환경(삼림)]은 전투를 벌이는 에리어에 삼림 요소가 포함되어 있을 경우에는 스테이터스가 상승하는 추가 효과인 모양이었다.

하지만 개인적으로는 용도가 너무 한정적이라 쓸모가 없을 것 같은데.

"어떻게 할까. 이건 한동안 장착할까?"

"라이나는 마음에 들었어?"

내가 그렇게 묻자 라이나가 곤란하다는 듯이 눈을 이리저리 굴렸다.

"아~, 뭐, 마음에 들었다고 해야 하나, 한동안 임시로 쓴다거나 중량을 조절하려면……."

"저희는 무기하고 방어구를 새로 맞추고 강화도 했지만, 액세서리 쪽까지는 미처 갖추지 못해서……."

둘 다 OSO에서 그럭저럭 오래 모험했기에 돈이 없는 건 아니다.

하지만, 자신의 플레이 스타일에 맞는 액세서리에 필요한 소재 같은 걸 모으지는 못했던 모양이다.

요정 여왕이 이야기를 계속하고 싶어하는 것 같았기에 우선 그 화제는 나중으로 미루기로 했다.

"저주받은 지역이 해방됨으로써 숲 바깥에 흩어져 있던 요정들이 더 많이 돌아왔습니다. 그 아이들은 요정향에 있는 것들을 당신들에게도 팔아줄 겁니다."

"앗, 요정향의 가게가 해금되는 퀘스트이기도 했구나."

요정 여왕이 해준 이야기를 듣고 우리는 일단 요정의 가게에 들렀다.

요정의 가게에는 요정향 관련 아이템으로 [요정향의 화왕밀]을 팔고 있었고, 요정의 깃털에서 떨어지는 [요정의 비늘가루], 그리고 그것을 사용해 만든 [연령 위증약] 같은 변화 계열 괴짜 포선 같은 것들도 팔고 있었다.

"윤 씨, 왜 그러시죠?"

"아니, 아무것도 아니야."

플랜 때문에 [연령 위증약]을 뒤집어 쓰고 어려졌을 때가 생각나서 씁쓸한 표정을 지었다.

그런 내 반응을 보고 플랜이 몰래 웃었기에 눈을 흘기며 살짝 한숨을 쉬었다.

"……에휴, 뭐, [요정의 비늘가루]를 입수할 수단이 늘어났다고 생각하면 되려나."

요정향의 가게에서 사면 하나당 10만G라 비싸긴 하지만, [완전 소생약]을 만들 때도 들어가니 입수 수단이 늘어난 건 은근히 기쁘다.

그렇게 요정향에서 할 일도 대충 끝났기에 그곳을 떠나려 했지만──.

"난 요정 여왕님하고 좀 더 함께 있고 싶으니까 이만 빠질게!"

갑자기 뤼이 머리 위에 앉아 있던 플랜이 날아올라 그렇게 말했다.

"플랜은 여기 좀 더 있고 싶구나. 그럼 다른 요정들하고 먹을 과자를 가지고 갈래?"

"응, 고마워! 그동안 지냈던 이야기를 잔뜩 할 거야!"

그렇게 말하며 내가 내민 쿠키 주머니를 끌어안은 플랜이 요정 여왕이 있던 광장으로 돌아갔다.

그와 동시에 플랜의 소환 상태가 해제되었고, 인벤토리에 소환석이 돌아왔다.

"윤 씨, 괜찮아? 멋대로 떠나버렸는데……."

"뭐, 가끔 있는 일이고, 소환석이 있으니까 부르면 올 거야."

라이나가 묻자 나는 곤란하다는 듯이 웃으며 그렇게 대답했다.

예전에도 사막 에리어에 갔을 때는 덥다고 하면서 멋대로 소환석으로 돌아가기도 했다.

"뤼이하고 자쿠로는 어떻게 할래? 우리하고 같이 갈래? 아니면 플랜하고 같이 여기서 놀래?"

내가 묻자 둘은 잠깐 망설이는 듯한 모습을 보인 다음 플랜을 따라 요정 여왕이 있는 곳으로 달려갔다.

그와 동시에 뤼이와 자쿠로도 《송환》 상태가 되었다.

우리와 함께 마을을 느긋하게 돌아다니던 게 심심했나? 그렇게 약간 반성하며 요정향을 떠났다.

그런 다음, 제1마을로 돌아온 우리는 이번에는 NPC의 가게가 아니라 플레이어들의 노점에서 1주년 업데이트로 인한 변화를 계속 찾아다녔다.

사람들이 많이 지나다니는 곳에는 익숙한 아이템들이 많이 진열되어 있었고, 딱히 눈길을 끄는 것은 없었다.

"역시 노점에는 좋은 게 없네……, 맞다! 뒷골목 쪽을 찾아보자! 분명 대박 아이템이 있을 거야!"

"뭐, 별로 기대하진 않지만 그쪽도 돌아볼까."

라이나의 제안에 따라 우리는 뒷골목으로 들어갔다.

그때, 문득 예전에 리리와 함께 노점을 돌아다니다가 만났던 암상인 흉내를 내는 플레이어가 떠올랐다.

자신들이 모은 희귀한 레어 아이템을 뒷골목에서 몰래 파는데, 말과 행동은 좀 수상쩍어도 괜찮은 아이템을 팔았었지.

일단 나도 그와 프렌드 등록을 해둔 상태다. 그는 가끔 [스타 게이트]의 에리어 어딘가에서 비밀리에 노점을 낸다는 메시지를 프렌드 모두에게 일제 송신하곤 한다.

그래서 뒷골목에는 없겠지, 라고 생각하며 가보니———, 있었다.

"오, 오랜만이군, 윤. 괜찮은 물건들이 있는데, 구경하고 갈래?"

씨익 웃으며 드레드 헤어에 선글라스를 낀 쾌활한 남자 플레이어가 한쪽 무릎을 꿇고 앉은 자세로 손을 살짝 들었다.

"왜 또 이런 곳에 있는 건데……, [스타 게이트] 쪽에서 파는 거 아니었어?"

암상인 플레이어에게 말을 걸자 초면인 라이나와 알이 고개를 살짝 갸웃거리며 우리를 번갈아가며 보았다.

"그쪽에서도 하긴 하는데, 역시 신규 고객을 받아야지. 크크큭……, 그래서 여기서는 조직에서 빼낸 물건을 가져와서 손님을 기다리고 있어."

쾌활하게 이야기하다가 중간부터 수상쩍은 암상인 롤플

레이를 시작하자 깜짝 놀란 라이나가 반사적으로 긴장했다.
뭐, 이해는 되는 이유다.

"유, 윤 씨! 이 사람, 대체 뭐죠?"

"아……, 암상인 롤플레이를 하는 플레이어야. 말이나 행동이 수상쩍긴 하지만, 멀쩡한 플레이어니까 안심하고 사도 돼."

"요즘은 이쪽도 규제가 심해져서 금지된 물건 같은 걸 취급하기가 힘들어졌거든. 여기 진열해둔 건 기본적으로 장물이나 도굴품 같은 것들 중에서 남은 거야. 정말로 좋은 물건을 사고 싶을 때는 마켓을 소개해주지."

이런 느낌으로 암상인 롤플레이에 맞춰서 이야기를 나누면 좀 재미있다.

그런 암상인에게 눈을 흘기는 라이나와 이런 플레이어하고도 교류하는구나, 라고 존경하는 눈빛으로 바라보는 알.

"이왕 온 김에 여기 있는 상품을 보여줄 수 있어? 라이나하고 알도 아까 말하던 액세서리를 만들 때 필요한 소재가 있을지도 몰라."

"살 때는 현금 박치기야. 아니면 그에 맞는 물건하고 교환도 가능하고."

그렇게 말하며 씨익 웃은 암상인 플레이어. 나는 쓴웃음을 지으며 진열된 상품을 확인해 나갔다.

그리고 암상인의 노점에 놓여 있던 어떤 무기가 눈에 들어왔다.

철 롱소드 [무기]
ATK + 15, DEF + 3, 추가 효과 [한정 하급 검술]

"뭐야? 그게 신경 쓰이나?"

"응? 아, 추가 효과 타입이 신기하다 싶어서."

나와 암상인의 대화를 들은 라이나와 알도 덩달아 들여다 보았다.

"그건 액티브 스킬 계열 추가 효과야. 예전까지는 일부 레어 장비에만 붙어 있던 건데, 1주년 업데이트 이후……, 아니, 어떤 유적에서 한꺼번에 도굴당해서 이렇게 암흑가 쪽 사람들이 취급하게 되었지."

진지하게 설명하다가 중간에 암상인 롤플레이를 하기 시작한 그. 우리는 따스한 눈초리로 바라보았다.

"일단 설명 좀 해줄래?"

"액티브 스킬 계열 추가 효과는 그에 맞는 센스의 스킬이나 아츠를 발동시킬 수가 있거든. 예를 들어 이 [한정 하급 검술]이라면 [검] 계열 센스의 하급 아츠를 쓸 수 있게 되지."

업데이트 전에 유명한 액티브 스킬 계열 추가 효과로는 [도등화 나무 넝쿨]이라는 액세서리가 있다.

가름 팬텀을 토벌하는 레이드 퀘스트에서 입수할 수 있고, 그 액세서리에는 [한정 소생]이라는 추가 효과가 있어서 《리미트 리바이브》라는 소생 스킬을 사용할 수 있다.

하지만 그러한 장비의 액티브 스킬은 원래 스킬에 비해 위력이 0.7배, 소비 MP가 1.2배, 다시 사용할 수 있을 때까지 걸리는 대기 시간(딜레이 타임)이 길고 하루 사용 횟수에 제한이 붙는 등, 열화판인 모양이었다.

"일반적인 사용 방법으로는 NPC의 가게에서 팔고 있는 [다재무능의 팔찌]와 조합해서 그에 맞는 센스를 비슷하게 나마 체험할 수가 있지. 그 밖에는 마법 계열의 추가 효과를 액세서리로 옮겨서 견제용 보조 무기 같은 식으로 쓸 수도 있고."

"""호오~."""

"여기에는 없지만, 강화나 방어, 회피, 회복, 투척 같은 액티브 스킬을 사용할 수 있는 타입이 제일 비싸거든."

[한정] 계열 추가 효과는 행동이나 스테이터스 보정이 없고 원래 스킬의 열화판이지만, 그래도 전략의 폭이 넓어진다.

"그렇구나……."

이렇게 액티브 스킬이 붙은 무기는 손에 넣었을 때 시험 삼아 써봄으로써 새로운 센스 취득의 계기가 되게끔 마련해 두었을 것이다.

그리고 일부 상위 플레이어들은 따로 한정된 범위에서 써먹는 방법을 찾아내서 활용하는 것 같다.

"어때? 이건 한 자루에 50만G인데, 다른 회피 계열 장비는 100만G야. 여기에는 없지만, 방어 계열이나 회복 계열은 마켓 쪽으로 오면 입하되었을 가능성도 있지."

"음~. 어떻게 할까……."

들어보니 방어 수단 중 하나로는 괜찮을 것 같다.

내가 지닌 방어 수단 중 하나인 [대신하는 보옥의 반지]는 횟수가 정해져 있긴 하더라도 적의 공격을 막아주는 뛰어난 방어 성능을 지니고 있지만, 약한 대미지에도 반응해 버린다.

그런 약한 대미지를 피하기 위해 [한정 회피] 추가 효과가 달린 장비가 있으면 편리할지도 모르겠다.

"좋아, 살까."

"헤헷, 좋은 걸 고르셨어. 그건 분명히 도움이 될 거라고."

곡예사의 부츠 [장식품] (중량 : 3)
SPEED+5, 추가 효과 : 한정 회피(10/10)

[한정 회피] 추가 효과를 지닌 장비를 장착하면 《리미티드 닷지》라는 회피 스킬을 사용할 수 있다.

적의 공격을 피하며 이동하는 회피 계열 스킬이지만, 이동 거리의 축소, 사용 횟수 제한 등이 있어서 연속으로 사용하는 건 힘들다.

하지만, 내가 지닌 [은밀] 계열 센스에 있는 목표에서 벗어나 회피율을 높여주는 《미스디렉션》이나 그림자 속으로 파고드는 《섀도우 다이브》 같은 것들과 조합하면 접근전을 벌일 때도 단숨에 시야에서 벗어나 잠복해서 거리를 다시 벌릴 수 있게 된다.

그런데 그때 문득 어떤 생각이 들었다.

"이봐, 아까 물물교환이라도 된다고 하던데, 이거하고 교환하는 건 어때?"

나는 암상인 플레이어에게 [완전 소생약]을 보여주며 물물교환을 제안했다.

"호오, 꽤 순도가 높은 약이잖아? 정제하는 데 꽤 고생이 많았겠어."

"그래도 100만G에는 안 팔린단 말이지. 마침 [한정 회피] 부츠하고 같은 가격인데 교환할 순 없을까?"

"이쪽도 위험한 일을 하고 있으니 말이야. 아무리 좋은 약이라고 해도 부르는 값에 그대로 사들이긴 힘들지. 그리고 장사이기도 하고."

"그럼, 20개 정도를 한꺼번에 줄 테니까 그 대신 다른 상품……이 아니라 뭔가 재미있는 정보를 주지 않을래?"

내가 교섭하며 [완전 소생약]을 단번에 잔뜩 넘기려 하자 암상인 플레이어가 유쾌하게 웃었다.

"호오, 고객에게 약이 얼마나 좋은지 알게 만들기 위해서 처음에는 싸게 팔고는 나중에 서서히 가격을 올릴 셈이군. 좋아, 그 제안을 받아들이마!"

"대체 무슨 이야기인데."

"라이. 롤플레이니까."

나와 암상인의 수상쩍지만 건전한 대화를 듣고 라이나가

눈을 흘기며 태클을 걸었고, 알도 쓴웃음을 지으며 지켜보았다.

그리고 [완전 소생약] 20개와 [한정 회피] 부츠의 교환을 보던 두 사람에게 암상인 플레이어가 말을 걸었다.

"어때? 거기 두 사람도 원하는 장비가 있다면 팔아주마."

하지만 둘은 곤란하다는 듯이 눈을 이리저리 굴렸다.

"음~. 사실 원하는 추가 효과가 있긴 한데, 여기에는 없는 것 같아."

"라이는 [지력을 방어로]를, 저는 [힘을 지력으로]를 원해요."

"그렇군, 컨버트 계열이라······."

암상인 플레이어는 두 사람의 이야기를 듣고 턱을 쓰다듬으며 중얼거렸다.

컨버트 계열이란 1주년 업데이트로 새롭게 나온 추가 효과로, 특정 스테이터스를 떨어뜨리는 대신에 다른 스테이터스를 상승시켜주는 효과가 있다.

전위 탱커인 라이나 같은 경우에는 INT 스테이터스를 줄이고 DEF 스테이터스를 올리고 싶어 한다.

후위 마법사인 알 같은 경우에는 ATK 스테이터스를 줄이고 INT 스테이터스를 올리고 싶어 하는 모양이었다.

일단 내 [부가] 센스의 《물질 부가(아이템 인챈트)》로도 비슷한 걸 할 수가 있는데, 아마 그것과 중첩될 것이다.

"컨버트 계열은 인기가 많으니까 마켓 쪽에 있고, 그건 가격이 비싸단 말이지."

""그렇겠지(그런가요)…….""

여기 없다는 이야기를 듣고 낙담한 두 사람을 본 암상인 플레이어가 나를 힐끔 보았다.

"자, 윤에게 [완전 소생약] 20개를 받았는데, 가치를 따지면 내가 너무 많이 받았으니까 그에 걸맞은 정보를 가르쳐 주마. 물어보고 싶은 거 있어?"

나는 망설임 없이 대답했다.

"그럼 컨버트 계열 추가 효과를 손에 넣을 수 있는 에리어나 MOB을 가르쳐 줄래?"

"우리가 손에 넣은 정보에 따르면, 어떤 아이템을 변화시키면 손에 넣을 수 있지."

그렇게 말한 암상인 플레이어는 인벤토리에서 검붉은색에 끈적거리는 액체가 말라붙은 듯한 방패를 꺼냈다.

"으앗, 이게 뭐야?"

생리적인 혐오감이 들었는지 라이나와 알도 그 방패를 보고 눈살을 찌푸렸지만, 암상인 플레이어는 씨익 웃었다.

"이건 사연이 있는 물건이야. 이걸 가지고 있던 모험자들은 차례차례 마물들에게 습격당해 원통하게 죽었다는 저주받은 물건이지. 어때, 흥미 없나?"

그 말을 들은 나는 조심조심 그 검붉은 방패의 스테이터스를 확인했다.

피로 물든 방패 [방어구]

DEF-10, SPEED-7, LUK-13, 추가 효과 [어그로 집중], [피로 물든 장비]

이 피로 물든 무구는 수많은 전투로 저주받았고, 그 저주는 전투로 사라질 것이다.

설명 문구를 알아보기 좀 힘들지만, 저주받은 무기의 일종이라는 걸 알 수 있었다.

스테이터스에는 마이너스 보정이 있고, 첫 번째 추가 효과인 [어그로 집중]은 이 장비를 장착하고 있으면 적 MOB이 노리기 쉬워진다고 한다.

그리고 두 번째 추가 효과인 [피로 물든 장비]에는 딱히 아무런 효과도 없는 모양이다.

"일단, 이건 뭐야? 컨버트 계열이 아니잖아?"

"잘 물어봤어! 이건 '피로 물든' 시리즈라고 해서 저주받은 장비거든."

암상인 플레이어의 이야기에 따르면 이 '피로 물든' 시리즈를 장비한 채 적 MOB을 100마리 쓰러뜨리면 저주가 해제되어 원래 모습을 되찾는 모양이다.

그리고 그 원래 모습 중에서도 일정 확률로 '묘지기' 시리즈라는 유니크 장비를 손에 넣을 수 있는 것 같다.

하지만, 본론은 그게 아니다.

"저주를 해제하고 유니크 장비가 아니게 되었을 때, 컨버

트 계열 추가 효과가 생기는 경우가 있거든."

"꽝이 당첨이라니, 특이하네. 그런데 이건 어디서 얻을 수 있어?"

"1주년 업데이트로 변경된 묘지 던전이야. 그 왜, 배회 MOB이었던 그림 리퍼가 제일 아래층에 고정 배치되어 있던 던전. 그곳 중층의 레어 MOB인 피로 물든 구울━━━, 통칭 빨간 구울이 드롭하지."

"으엑, 거기라고……."

제1마을 남동쪽에 있는 묘지 에리어, 그런 곳에 아이템이 추가되었구나라고 생각하니 답답한 심정이었다.

그렇게 설명을 들은 내가 라이나와 알을 보자 둘 다 의욕이 가득했다.

"컨버트 계열 추가 효과와 '묘지기' 시리즈 유니크 장비란 말이지. 아마 쓰진 않겠지만 욕심이 조금 나긴 하네."

"컨버트 계열 추가 효과는 꽤 비싸던데, 납득이 되네요. 레어 MOB에게서 얻은 뒤에 MOB을 100마리 쓰러뜨려야 하는 수고가 드니까요. 그리고 그렇게 해도 확정적으로 입수할 수 있는 것도 아니고요."

라이나와 알은 이미 컨버트 계열 추가 효과를 손에 넣기 위해 묘지 지하 던전에 도전할 생각이다.

우리는 나중에 피로 물든 장비를 드롭하는 레어 MOB을 사냥하기로 약속하고 헤어졌다.

하지만 언데드나 호러가 질색인 나로서는 라이나와 알에

게 맡겨도 되지 않을까, 내심 그렇게 생각했다.

2장 피로 물든 장비와 초보 지원

지내기 편한 가을이 된 10월———, 현실 쪽 나는 여동생인 미우와 이야기를 나누며 통학로를 나란히 걸어가고 있었다.

"있지, 오빠. OSO 쪽에 뭔가 특이한 일 있었어?"

"이야기할 만한 건 날마다 하고 있잖아. 오히려 화제가 바닥났다고. 그렇게 특이한 일이 자주 일어나는 것도 아니고……."

학교에 가던 도중에 옆에서 걸어가던 미우가 묻자 나는 어이없다는 듯이 그렇게 대답했다.

"오히려 뮤우가 더 잘 알지 않아? 인터넷에서 OSO 정보 같은 걸 모으곤 하지?"

"뭐, 그렇지! 그래도 오빠가 해주는 이야기도 재미있거든!"

하지만 요즘은 [완전 소생약]을 만든 것과 요정 퀘스트에서 이어지는 방식으로 요정향에 간 것 정도밖에 화제가 없다.

사막 에리어에서 손에 넣은 [신비의 흑광유] 같은 소재의 조사도 아직 끝나지 않았다.

"그러는 뮤네 쪽은 어때? 새로 나온 VR 게임인 [페어리즈 테일]이라고 했나? 그건 어떤데?"

요즘 미우와 타쿠미 일행은 신작 VR 게임 쪽에 빠졌다.

그래서 OSO에는 로그인하지 않았기에 그쪽 화제가 많은 것 같았다.

"응, 재미있어! 루카네하고 각자 마음에 드는 종족으로 시작했는데, 지금은 메인 퀘스트를 진행하고 있거든!"

"종족이라. OSO는 기본적으로 인간인데, 선택할 수 있는 종족은 어떤 게 있어?"

OSO에도 레티아나 벨처럼 이종족 행세를 하는 플레이어가 있거나 지하 계곡에 있는 드워프 왕국처럼 NPC로 이종족이 있긴 하다.

하지만 처음부터 종족을 선택할 수 있는 게임은 어떨까?

"우리는 이런 느낌으로 시작했어!"

미우는 휴대폰에 들어있던 [페어리즈 테일]의 캐릭터 스크린샷을 보여주었다.

거기에는 등에 하얀 날개가 달렸고 머리에 빛나는 고리를 띄운 미우가 있었다.

"이게 페어리즈의 나야! 종족은 천사족이라는 걸 골랐어! 장비는 아직 맞추지 못했지만, 어때? 귀엽지!"

"왠지 미우답네."

"그치! 루카는 휴먼이고 중장 근접형이야. 모처럼 이종족을 고를 수 있으니까 표준 같은 휴먼을 고를 필요는 없는데. 히노는 드워프고 양손에 투척 도끼를 든 중거리 타입, 토비가 다크엘프로 속도에 특화된 탄막 사격 타입이고, 코하쿠가 여우 수인 마법형! 리레이는 흡혈귀가 되었어!"

"……루카토네다운 종족 선택이긴 한데, 종족의 특징은 잘 모르겠네."

미우 일행의 스크린샷을 차례대로 보며 설명을 들었지만, 전혀 알 수가 없다.

즐겁게 이야기하는 미우는 내가 고개를 끄덕이며 맞장구만 쳐도 만족스러운 모양이었다.

그렇게 이야기를 나누며 걸어가다 보니 학교에 도착했다.

"그럼 나는 우리 교실로 갈게!"

"그래, 열심히 해."

나는 학교 현관에서 미우와 헤어진 다음, 내 교실로 향했다.

교실에 도착해 자리에 앉아 있는데 나중에 온 타쿠미가 손을 살짝 들며 다가왔다.

"좋은 아침이야, 슌. OSO에 특이한 일 없었어?"

"너도냐……."

미우와 완전히 똑같은 말을 한 타쿠미에게 무심코 눈을 흘기며 한숨을 크게 쉬었다.

"정말……, 특이한 일이 그리 자주 생기진 않는다고……."

"그렇구나……, 그럼 엔도에게 물어볼까."

"아니, 엔도 양에게 물어보는 것도 민폐잖아……."

내가 태클을 걸었지만, 타쿠미는 아랑곳하지 않고 미우와 마찬가지로 요즘 한창 빠진 신작 VR 게임, [스텔라 기어]에 대해 이야기했다.

타쿠는 어제 다른 플레이어들과 PVP를 한 모양이었다.

드릴 암을 장비한 근접 로망 편성을 시험해본 게 재미있었다고 했다.

"그래서, [스텔라 기어]는 게임으로서 어때?"

"재미있어. 그래도 OSO에서 갈아탈 정도는 아니려나?"

"……그래?"

나는 뜻밖이라고 생각하며 되물었다.

미우와 타쿠가 꽤 많이 빠졌다고 생각했기 때문이다.

"파고들기 요소로 따지면 파츠 수집이나 미션 평가 갱신, 타임 어택 같은 게 있긴 한데, 자기가 플레이하고 싶은 타입 기체를 조립해서 싸우기만 하는 거면 시간이 그리 오래 걸리진 않으니까."

"호, 호오~, 그렇구나."

"대충 한두 달만에 게임의 큰 흐름이 거의 끝나고, 그 이후로는 각자 파고들기 요소를 추구하거나 대전 환경으로 넘어가는 타입 같거든."

타쿠미가 해준 이야기에 따르면 때때로 업데이트로 새로운 장비나 미션이 추가될 예정이 있긴 하지만, 기체의 능력 상한치 같은 것도 금방 도달할 수 있게끔 설계된 모양이었다.

그렇기 때문에 후발 플레이어들도 금방 톱 플레이어들과 조건이 비슷해져서 플레이어 스킬이 중요한 대인 게임이 되는 것 같다.

"그러니까 어느 정도 기반이 갖춰지면 가끔 대전을 하거나 새로운 콘텐츠를 체험하기에는 괜찮은 게임 같아. 그래서 저번 호위 퀘스트 때 부러진 검의 수리가 끝나면 OSO로 돌아갈 생각이야."

참고로 타쿠미네 파티의 미니츠와 케이, 마미 씨 같은 사람들은 [스텔라 기어]의 게임성이 맞지 않았는지 [페어리즈 테일]을 시험 삼아 해본 뒤에 OSO로 돌아갔다고 한다.

"흐, 흐음~. 그랬구나."

타쿠미에게 그렇게 설명을 들은 나는 대충 대답하면서도 얼굴이 실룩거리는 걸 막기 위해 힘을 주었다.

알고 지내는 플레이어들이 다들 OSO에서 떠나자 약간 쓸쓸한 기분이 들었었는데.

만약 OSO에 질려서 돌아올 생각이 없었다면 일부러 내게 OSO에 대해 물어보지도 않았을 것이다.

그래서 새삼 다른 게임을 하는 게 일시적인 거라는 이야기가 조금 기쁘다.

"좋은 아침이야, 슌 군, 타쿠미 군……, 아니, 슌 군, 왜 그래? 표정이 이상한데."

"엔도 양, 좋은 아침. 아무것도 아니야."

"엔도, 좋은 아침이야. OSO에 특이한 일 없었어?"

"갑자기 뭘 물어보는 거야……, 없어. 그냥 친구하고 사냥하러 갔을 뿐인데."

엔도 양이 타쿠미에게 무뚝뚝하게 대답했지만, 나는 알고 있다.

"수해 에리어 안쪽에서 레티아랑 벨하고 같이 새로운 사역 MOB을 동료로 삼는 걸 도와주고 있다면서?"

"윽…… 슌 군은 알고 있었구나."

한순간 말문이 막힌 엔도 양이 한숨을 쉬는 걸 보니 약간 미안하다는 마음이 들었다.

"미안, 비밀이었어?"

"아니……. 그냥, 벌써 1주일 동안 레티아와 함께 MOB을 조교하기 위해서 수해 에리어 안쪽에 틀어박혀 있거든."

솔직히 질렸다는 표정이 눈에 확 띄었다.

"엔도 양, 고생이 많네. 그게 끝나면 사막 에리어 소재를 좀 줄까?"

"고마워, 슌 군. 나도 수해 에리어 소재를 많이 모았으니까 나중에 교환하자."

엔도 양은 그렇게 말하며 기쁜 듯이 미소를 지었다.

조금 피곤한 것 같으니 엔도 양이 좋아하는 파운드 케이크라도 만들어줄까.

최근에 선플라워 씨를 손에 넣었으니까 아몬드나 호두 대신 견과류로 넣어서 만들면 좋겠다.

"새로운 사역 MOB이라, 뭘 노리는 건데?"

타쿠미가 그런 엔도 양에게 노리는 MOB에 대해 물었다.

"콜드 덕이야."

"……콜덕?"

"콜덕은 소형으로 품종 개량한 오리 이름이고. 콜덕이 아니라 콜드 덕이야."

무심코 내가 되묻자 엔도 양이 '콜드'라는 부분을 강조하며 말했다.

멍해진 나를 대신해 타쿠미가 흥미롭다는 듯이 물었다.

"콜드 덕이라면 커다란 오리 형태의 MOB이고, 방한 소재를 드롭하지?"

"그래, 맞아. 능력으로 따지면 도약과 활공이 가능하지만, 다른 새 계열 MOB처럼 비행할 수는 없어. 그 대신, 이름대로 빙속성 마법을 쓸 수 있고, 방어 계열 스킬도 충실해."

"호오, 재미있을 것 같은 MOB이네."

엔도 양에게 콜드 덕에 대한 설명을 들은 나는 감탄했다.

하지만 레티아가 사역 MOB의 성능으로 파트너를 고를까?

그리고 그런 내 속마음을 눈치챈 엔도 양이 레티아 일행의 목적을 말해주었다.

"콜드 덕은 맛있는 알을 낳는대. 쓰러뜨려도 드롭하긴 하지만, 사역 MOB으로 만들면 정기적으로 낳아주는 모양이야."

사역 MOB의 종류에 따라서는 소재 등을 떨어뜨리는 경우가 있다.

예를 들어 레티아가 거느리고 있는 윌 오 위스프인 아키는 약초 계열 아이템을 먹으면 인혼 결정 등을 주고, 라나버그인 키사라기는 광석 계열 아이템을 먹으면 금속 실을 준다.

그 밖에도 고원 에리어에 있는 스틸 카우는 우유를 짤 수가 있다.

"벨은 콜드 덕의 감촉이 좋아서 끌어안고 푹신푹신하기 위해서 협력해주고 있어."

"그렇구나. 두 사람답네."

먼 산을 바라보며 이야기하는 엔도 양을 보고 나는 납득했다.

"그럼 엔도는 왜 콜드 덕 조교를 도와주고 있는데?"

"그건……, 콜드 덕의 레어 드롭 아이템인 극상 깃털을 안정적으로 손에 넣을 수 있을지도 모르니까. 그것까지 내다보고 협력하는 거야."

엔도 양도 타산적으로 레티아와 벨에게 협력해주고 있다는 사실을 알게 된 나와 타쿠미는 쓴웃음을 지었다.

하루라도 빨리 레티아 일행이 콜드 덕을 사역 MOB으로 맞이하게 되기를.

이야기를 나누는 사이 아침 HR 시간이 되었고, 우리는 각자 자리로 돌아갔다.

엄청난 일은 그리 쉽게 일어나지 않는다고 생각하며 오늘도 일상이 지나갔다.

●

한편, OSO에서는 현실 쪽 사정으로 인해 나와 라이나, 알이 좀처럼 모일 타이밍을 잡지 못하고 있었다.

그동안 나는 [아트리엘]에서 두 번째 선플라워 씨를 수확하고 과자를 만들며 느긋하게 지낼 수 있었다.

그리고 마지막으로 헤어진 뒤 1주일이 지난 오늘———.

"오늘은 빨간 구울을 마구 쓰러뜨리자!"

"가는 건 좋은데, 왜 밤에 가는 거야?"

결국, 라이나, 알과 약속했던 빨간 구울 사냥은 금요일 밤까지 늦춰지게 되어버렸다.

"죄송합니다. 정보를 모으면서 효율을 생각하다 보니 이런 시간대가 되어서요…….

합류해서 묘지 에리어로 향하던 도중에 알이 미안해했지만, 도전할 시간대를 바꿀 생각은 없는 것 같았다.

알이 말한 대로 OSO에는 낮과 밤에 나타나는 MOB이 달라지고, 일부 MOB의 출현율이나 스테이터스가 바뀌는 에리어도 있다.

묘지 에리어의 지하 던전에서는 야간에 MOB의 출현율이 올라가는 경향이 있기에 레어 MOB인 피로 물든 구울 사냥의 효율을 고려해서 밤에 가게 된 것이다.

호러가 질색인 나는 일부러 분위기가 갖춰진 시간대에 도전하고 싶지 않았다.

"……에휴, 어쩔 수 없지. 참아볼까."

나는 한숨을 크게 쉬며 라이나, 알과 함께 제1마을 남동쪽에 있는 묘지로 향했다.

"윤 씨. 그러고 보니 오늘은 뤼이나 자쿠로는 없어?"

중간에 라이나가 평소에 내 곁에 있는 사역 MOB인 뤼이와 자쿠로, 그리고 장난꾸러기 요정 플랜이 없다는 걸 눈치 챘다.

"아~, 좁은 지하 던전에서는 뤼이가 온 힘을 다할 수가 없고, 플랜은 이번에 빠진대. 자쿠로만 데리고 오는 건 불공평할 것 같으니까 이번에는 남으라고 했어."

좁은 동굴에서는 뤼이가 성수화할 수 없고, 플랜은 묘지 주변에서 만드라고라를 모았을 때가 생각났는지 매우 질색이라는 표정을 지으며 동행을 거부했다.

『나는 만드라고라가 있는 곳에 절대로 가지 않을 거야!』

그렇게 말했으니 개인 필드인 고원에서 뤼이와 자쿠로, 그리고 다른 요정 NPC들과 느긋하게 지내고 있을 것이다.

내 말에 납득한 라이나, 알과 함께 묘지 에리어의 지하 던전으로 들어갔다.

"으앗……, 벌써 나타났네."

묘지 지하 던전 제1계층에는 꾀죄죄한 흰색 솜털 같은 곰팡이가 낀 인간 형태의 MOB———, 몰드맨이 나타났다.

눈과 입은 뻥 뚫려 있고, 그 구멍에 길쭉하고 푸르스름한 빛을 뿜어내는 버섯이 자라나 있어서 어둑어둑한 지하에서는 더욱 기분이 나빴다.

"갑니다. ———《플레임 필러》!"

숫자까지 많으니 약간 주눅이 들었는데, 그런 곰팡이 인간들을 알이 화속성 마법으로 모조리 없앴다. 듬직하구나.

"빨간 구울이 나오는 3, 4계층까지 단숨에 가시죠!"

"자! 내가 앞장서서 갈 테니까 따라와!"

활기찬 두 사람을 보고 믿음직스럽다는 생각을 하며 던전 안을 빠르게 나아갔다.

묘지의 지하 던전 제1계층에는 곰팡이 인간인 몰드맨이 몇 마리 나타났을 뿐이고, 알의 화속성 마법에 간단히 쓰러졌다.

제2계층은 몰드맨과 더불어 거대한 모기인 빅 벅스가 부웅부웅 불쾌한 소리를 울리며 나타났다. 그것들도 알이 반사적으로 날린 화속성 마법에 타닥타닥 불타며 빛의 입자가 되어 사라졌다.

지금까지 지나온 계층의 적 MOB은 강하지 않았고, 내가 무서워하는 호러 계열인 유령이라기보다는 공포 영화의 어설픈 괴인이나 괴물 같은 느낌이라 처음에 느꼈던 불안함에 비해서는 괜찮았다.

그렇게 도착한 제3계층부터는 더 강한 적 MOB이 나타나기로 되어 있었다.

꾀죄죄한 녹색 피부에 깡마른 데다 개처럼 송곳니가 눈에 띄는 인간형 MOB, 구울. 그리고 피로 물든 것처럼 붉은색인 레어 MOB, 피로 물든 구울―― 통칭 빨간 구울.

또한 벽과 천장에 숨어서 바람 칼날을 날리는 섀도우 배트까지 포함된 구성이다.

"――《궁기 · 단발 꿰기》!"

"자, 간다! 이리 와, 구울들아! ――《헤이트 액션》!"

나는 [하늘의 눈]의 암시와 [간파] 센스로 미리 발견한 섀도우 배트를 화살로 꿰뚫었고, 통로 안쪽에서 이쪽을 향해 달려오는 구울 세 마리를 향해 라이나가 방패를 내밀며 도발 스킬을 사용했다.

구울이 이상할 정도로 크고 갈고리 손톱도 뻗어나온 한쪽 팔을 내리치려 했다. 라이나가 거기에 방패를 맞댔다.

"――《패리》! 다음에는――,《대관통》!"

방패로 공격을 흘려서 생겨난 빈틈을 노려, 들고 있던 단창으로 날카로운 찌르기 공격을 날렸다.

구울 중 한 마리가 뒤쪽으로 날아갔다. 그 공간을 파고든 다른 구울이 라이나에게 접근했지만, 라이나는 곧바로 자세를 다잡았다.

"라이, 간다!"

"알겠어! ――《실드 배시》!"

알이 신호를 보내자 라이나가 《실드 배시》를 날려서 근처에 있던 구울을 뒤로 밀쳐냈고, 라이나도 백스텝으로 거리를 벌렸다.

"――《플레임 서클》!"

그리고 뭉쳐 있던 구울들 주위에 불꽃의 고리가 나타난 다음, 조여들며 폭발을 일으켰다.

♫GAAAAAAAAAA――.♫

구울들의 포효가 던전 안에 울려 퍼졌다가, 불꽃 안에 드리운 그림자를 향해 내가 화살을 날리자 사라졌다.

전투 쪽은 딱히 문제가 없었다. 우리는 구울이 나타나는 제3계층과 제4계층에서 피로 물든 구울을 찾아다녔다.

중간에 묘지 던전에 도전하고 있던 다른 플레이어들과 스쳐 지나갔다.

"안녕. 너희도 보스인 그림 리퍼를 쓰러뜨리러 온 거야?"

"아뇨, 저희는 빨간 구울을 사냥하러 왔어요."

"그렇구나. 함께 열심히 해보자."

어둑어둑한 던전 안에서 스쳐 지나간 플레이어의 인사에 알이 대답했다. 나는 약간 마음이 편해졌다.

다행히 보스인 그림 리퍼를 쓰러뜨리러 가는 플레이어들이 몇 파티 있긴 했지만, 빨간 구울을 사냥하는 플레이어는 없었기에 거의 독점 상태였다.

그리고 우리는 드디어 빨간 구울을 발견했다.

구울 집단을 몇 번 쓰러뜨리고 돌아다니던 우리 앞에 몸의 색이 이상한 구울이 한 마리 있는 집단이 나타났다.

"저기 있네! 드디어 발견했다고! 빨간 구울!"

뛰어나가는 라이나에게 타이밍을 맞춰, 옆에 있던 구울 한 마리에게 곧바로 공격을 가했다.

"──《연사궁 · 2식》!"

"──《플레임 슛》!"

상태이상(배드 스테이터스) 화살을 연사로 날려서 함께 있던 구울들의 움직임을 둔하게 만들자, 알의 강한 위력을 지닌 불꽃탄이 구울 한 마리를 확실하게 해치웠다.

"자, 얼른 피로 물든 장비를 떨어뜨리라고!"

빨간 구울도 그냥 색만 다른 것이 아니라 자신과 주위에 있는 구울의 스테이터스를 강화시키는 능력을 지니고 있었지만, 우리의 적이 되지는 못했기에 전투가 금방 끝났다.

"해냈어! 피로 물든 장비를 드롭했다고! 바로 저주를 해제하자!"

라이나가 빨간 구울이 드롭한 피로 물든 방패를 확인하고는 바로 장비를 변경했다.

"라이, 축하해. 그런데 빨간 구울의 피로 물든 장비는 모두에게 확정적으로 드롭되는 모양이야."

"피로 물든 장비가 모두에게 드롭된다면 풀 멤버로 좀 더 효율 좋게 모을 수 있었을지도 모르겠는데."

메뉴에서 드롭된 피로 물든 장비를 확인하며 그렇게 중얼거리다가 피로 물든 장비를 많이 모으더라도 해주 조건인 100마리 토벌이라는 수고가 생각났다.

역시 이 정도 인원으로 모으는 게 더 나을지도 모르겠다고 생각을 바꿨다.

"그럼, 팍팍 해보자!"

그리고 의욕을 보이는 라이나를 선두로 내세우고 던전 안을 돌아다니며 리젠된 구울이 보일 때마다 모조리 사냥했다.

피로 물든 구울도 희귀 MOB이라고는 하지만 2, 30마리마다 한 마리 정도 비율로 나타났기에 그렇게까지 출현율이 낮은 것은 아니었다.

게다가 붉은 구울을 한 마리 쓰러뜨리면 파티 모두에게 피로 물든 장비가 확정적으로 드롭되기 때문에 모두 합쳐서 3개를 얻을 수 있다.

　"흐흥! 이 정도면 컨버트 계열 추가 효과를 손에 넣는 것도 시간문제겠어!"

　라이나는 해주와 병행하기 위해 두 번째 피로 물든 장비를 장착한 채 구울을 사냥하고 있다.

　쉽사리 쓰러뜨릴 수 있기에 긴장감도 없고, 이야기를 나눌 만한 여유까지 있었다.

　"그러고 보니까, 윤 씨는 컨버트 계열 추가 효과가 필요하신가요?"

　"나는 딱히 필요 없을 것 같은데. 내 센스 구성으로는 깎을 만한 스테이터스가 없어서."

　라이나처럼 물리 특화라면 INT, 알처럼 마법 특화라면 ATK의 중요도가 떨어지지만, 다재무능 타입인 나는 오히려 깎을 만한 스테이터스가 없다.

　"그래서 내가 노리는 건 컨버트 계열 추가 효과라기보다는 그냥 유니크 장비인 '묘지기' 시리즈야. 뭐, 수집용이긴 하지만⋯⋯."

　가지고 싶긴 하지만, 꼭 필요한 것도 아니기에 운이 따라주면 좋겠다 정도의 마음이다.

　그렇게 우리는 붉은 구울을 발견해서 쓰러뜨리며 순조롭게 피로 물든 장비를 모아나갔다.

하지만 문제가 생겼다.

"으으으으윽! 해주 작업의 진도가 전혀 나가질 않아……."

"라이, 그건 너무 심하잖아."

처음 입수한 피로 물든 장비의 저주가 해제되기도 전에 다른 빨간 구울을 쓰러뜨려서 다른 피로 물든 장비를 드롭했다.

라이나는 해주의 효율을 올리기 위해 피로 물든 장비를 여러 개 장착하고 구울들을 해치웠다.

그렇게 반복한 결과 라이나의 온몸은 여러 개의 피로 물든 장비로 뒤덮였고, 중첩된 저주받은 장비의 마이너스 보정으로 인해 빨간 구울 사냥의 효율이 떨어졌다.

"라이나. 해주 작업은 나중으로 미루고 빨간 구울 사냥에 전념하자. 하나 정도면 스테이터스 마이너스 보정도 신경 쓰이지 않을 테고 추가 효과인 [어그로 집중]으로 구울들을 한데 모으기도 편하니까 지금은 그 정도로만 해."

"으……, 왠지 아깝단 말이지."

불만이라는 듯이 중얼거리던 라이나가 원래 장비로 되돌린 다음, 피로 물든 장비를 하나만 장착하고 다시 빨간 구울 사냥을 시작했다.

여러 파티가 그림 리퍼에게 도전하러 가는 모습, 들어갔다가 숫자가 줄어 돌아오는 모습이 보였다. 우리는 그들과 인사를 나누며 단조로운 사냥을 계속해 나갔다.

세 시간 정도 빨간 구울 사냥을 한 결과, 한동안은 보고 싶지 않을 정도로 구울을 많이 쓰러뜨리고 소재와 피로 물든 장비를 손에 넣었다.

"피로 물든 장비를 모으기 쉽다고는 해도 이렇게 연속으로 구울만 쓰러뜨리는 건 힘드네……, 무엇보다 집중력이 유지되질 않아."

거의 독점 상태로 빨간 구울을 마구 잡아댄 결과 구울을 300마리 정도 쓰러뜨렸고, 손에 넣은 피로 물든 장비는 39개나 된다.

"손에 넣은 건 활하고 지팡이, 창, 방패. 그리고 방어구는 머리, 속옷, 겉옷, 팔, 몸통, 허리, 이렇게 여섯 종류. 액세서리는 팔찌 타입뿐이구나."

"이건 우리가 장비하고 있는 센스에 맞게 드롭된 느낌이네요."

나와 알이 모은 피로 물든 장비의 내역을 확인하니, 드롭되는 경향이 보였다.

아무래도 빨간 구울을 쓰러뜨린 플레이어의 센스 구성에 따라 피로 물든 장비의 무기 종류가 고정되는 것 같다.

나와 알은 던전에서 돌아가면서도 빨간 구울의 드롭에 대해 생각했다. 한편, 라이나는 분하다는 듯이 손 근처에 뜬 메뉴를 바라보고 있었다.

"크윽, 아까워! [방어를 지력으로]가 아니라, 앞뒤가 반대잖아! 반대였으면 내가 원하던 거였는데!"

빨간 구울을 사냥하던 도중에 라이나가 장비하고 있던 피로 물든 장비 중 몇 개가 정화되어 원래 모습을 되찾았다.

해주된 장비는 일단 컨버트 계열 추가 효과를 지니고 있긴 했지만, 라이나와 알이 노리던 것은 아니었던 모양이다.

"뭐, 그건 확률이니까."

컨버트 계열로 변화하는 스테이터스는 HP, MP, ATK, DEF, INT, MIND, SPEED, DEX, LUK, 이렇게 아홉 가지.

그게 감소되는 쪽과 증가되는 쪽으로 나뉘기에 전부 합쳐서 72종류의 조합이 생긴다.

그중에서 두 사람이 원하는 조합을 정확하게 맞추려면 정화를 꽤 많이 할 필요가 있다.

그리고 지금 가지고 있는 피로 물든 장비들을 본 라이나가 우울하다는 듯이 한숨을 내쉬었다.

"피로 물든 장비가 이렇게 많이 모였는데 해주 작업은 대체 언제쯤이나 끝날까. 저주를 하나 푸는 것만으로도 시간이 꽤 오래 걸렸는데……."

"아니, 방식에 따라 다르겠지. 딱히 두 사람이 원하는 걸 직접 얻으려고 노리지 않더라도 다른 컨버트 계열 장비를 원하는 플레이어하고 트레이드하면 되니까."

"라이, 그리고 손에 넣은 컨버트 계열 장비를 판 돈으로 우리가 원하는 걸 찾아봐도 되고, 효.율 좋게 저주를 풀 수 있게 되면 피로 물든 장비를 사모아도 괜찮을 것 같아."

지금까진 사냥과 저주 해제를 동시에 노렸지만, 적을 쓰러뜨리는 데만 집중하면 효율이 더 좋아질 것이다.

그리고 알이 말한 대로 다른 수단도 동원하면 필요한 컨버트 계열 추가 효과를 손에 넣을 수 있을지도 모른다.

"그래도 사냥 속도를 높이려면 약하고 숫자만 많은 적 MOB을 계속 쓰러뜨려야만 하잖아? 쓰러뜨린 숫자 말고 아무런 이득도 없는 데다 의욕도 안 생겨."

질색하는 표정을 지은 라이나의 심정도 이해는 됐다.

온몸을 피로 물든 장비로 두르고 약해진 상태로도 쓰러뜨릴 수 있을 만한 졸개 MOB을 계속 쓰러뜨리는 것이다.

두 사람의 목적을 위해서라고는 해도 고행 같은 작업이다.

"뭐, 오늘은 이제 늦었으니까 로그아웃하고 내일이라도 적을 많이 쓰러뜨릴 방법을 생각해보자."

일단 내 머릿속에 효율적인 토벌 횟수 벌이에 대한 생각이 있긴 하지만, 지금 이대로는 우리의 의욕이 떨어지기만 할 것이다.

우리가 즐길 수 있으면서도 적을 많이 쓰러뜨리는 방법은 없을까. 그렇게 생각하며 나도 라이나와 알처럼 로그아웃했다.

●

다음 날, OSO에 로그인한 나는 [아트리엘]에서 라이나와 알이 오기를 기다리고 있었다.

"얼른 저주를 풀러 가자!"

"윤 씨, 오늘도 잘 부탁드릴게요."

힘차게 가게로 들어온 라이나를 따라 알도 고개를 숙이며 들어왔다.

"어서 와. 우선 미리 쓸만한 아이템을 줄게."

가게로 온 라이나, 알과 파티를 짠 다음, 그 두 사람에게 어떤 아이템을 주었다.

"음……, 이 수상쩍은 향수는 뭐죠?"

"그건 유인향이라는 아이템인데, 그걸 사용하면 근처에 있는 적 MOB을 끌어들일 수가 있어."

휘부 포도에 상태이상약 몇 종류를 섞어서 만든 향수인데, 적 MOB을 끌어들이는 효과가 있어서 토벌 횟수를 버는 데는 딱 좋은 아이템이다.

"하지만, 잘못 쓰면 몬스터를 끌고 다니는 몬스터 트레인 현상을 일으켜서 다른 플레이어들에게 폐를 끼치게 될 테니까 신중하게 다뤄야 해."

"알겠어. 그런데 어디서 사냥할 거야? 가장 약한 MOB이라면 초원에 있는 슬라임이나 초식 동물을 사냥하면 되지?"

MOB을 많이 쓰러뜨리기만 하는 거라면 라이나가 말한 대로 제1마을 주변에 있는 적 MOB을 쓰러뜨리면 된다.

초보에게 적합한 상대이기에 피로 물든 장비를 여러 개 장착해서 마이너스 보정이 중첩된 상태로도 패배할 일은 거의 없을 것이다.

MOB이 잔뜩 모여들더라도 라이나와 알의 범위 공격으로 한꺼번에 해치울 수가 있다.

유일한 단점은———.

"척 보기에도 거기에 볼일이 없을 것 같은 우리가 초보의 사냥터를 독점하는 건 민폐겠지."

"상상해보니 지독한 광경이네."

"트롤링이 되긴 하겠네요."

내가 설명하자 라이나가 인상을 찌푸렸고 알도 납득하며 고개를 끄덕였다.

OSO라는 게임은 혼자서만 노는 놀이터가 아니다.

효율만을 추구한 결과라 하더라도 다른 플레이어에게 폐를 끼치는 행동은 문제가 된다.

"그럼 평원은 안 되겠구나……."

"으음~. 초보에게 적합한 곳이라 MOB이 다시 나타나는 속도도 빠르니까 토벌 횟수를 늘리기에는 제일 적합하긴 한데……."

실제로 토벌 횟수 말고는 이득이 없기에 나 혼자 같은 경우라면 [피로 물든 장비]를 장착하고 느긋하게 내 레벨에 맞는 적 MOB을 쓰러뜨려서 저주를 풀었을 것이다.

하지만, 자기 장비를 강화하고 싶은 라이나와 알은———.

"우선 평원에 가보실래요? 다른 플레이어가 있으면 바로 다른 곳으로 MOB을 쓰러뜨리러 가죠."

"그래. 동서쪽 평원은 다른 에리어로 통하는 길이니까 초보가 많겠지만, 남북쪽은 강한 에리어와 인접해 있으니 사람이 별로 없을지도 몰라."

그렇게 우리는 [아트리엘]을 나선 뒤에 가장 가까운 남문을 통해 평원으로 나갔다.

그리고 우리가 도착한 남문 쪽 평원에는 초보 플레이어 몇 파티가 있었다.

"사람이 꽤 있네."

"최근에 신작 VR 게임이 여러 개 발매되어서 그 흐름에 따라 OSO에도 신규 플레이어가 온 것 같거든. 그 영향일지도 몰라."

7월부터 8월까지 진행된 1주년 업데이트와 퀘스트 이벤트 정도까지는 아니지만, 신작 VR 게임이 두 개나 동시에 발매되고 VR 기어가 새롭게 출하되자 OSO에도 신규 플레이어가 늘어난 것 같다.

그들을 바라보고 있다 보니 이상한 광경과 맞닥뜨렸다.

"──《파이어 볼》!"

화속성 마법을 발동했는데 지팡이 끝에서 퍼엉, 가벼운 폭발이 일어나 자해 대미지를 입은 플레이어가 있었다.

그 밖에도 비틀거리며 대검을 들어 올린 뒤에 내리쳤다가 초식 동물이 슬쩍 피한 뒤에 날린 박치기에 얻어맞는 둔한 대검 플레이어. HP가 줄어들었는데도 회복 마법이나 초보용 포션을 쓰지 않고 주저앉아서 축 늘어진 플레이어 등, 위화감이 들었다.

"왠지 움직임이 이상한 사람들이 있네요. 무슨 일이 있었던 걸까요?"

"우리가 처음 시작했을 무렵이 생각나서 왠지 마음이 답답하네."

알도 플레이어들이 이상하다는 사실을 눈치챘고, 라이나도 그들의 표정을 보고 OSO를 즐기지 못하고 있다는 걸 느끼고는 걱정하는 낌새였다.

"왠지 내버려 둘 수가 없는데, 잠깐 말 좀 걸고 와도 될까?"

"역시 보모 윤 씨가 나서는구나! 뭐, 우리도 도울 거지만!"

"우리도 도움을 받은 적이 있으니 도울게요."

라이나에게 보모라는 말을 듣고 인상을 찌푸렸지만, 라이나와 알은 나와 에밀리 양에게 초보 시절에 도움을 받았던 것처럼 다른 초보를 도와주기 위해 함께 갔다.

"아, 젠장! 공격할 때마다 대미지를 입다니! 망겜이냐고!"

"저기……, 잠깐 괜찮으실까요?"

내가 폭발로 인해 자해 대미지를 입은 마법사에게 말을 걸었다.

"아까부터 마법 스킬이 폭발하는 것 같던데, 왜 그러시죠?"

"왜 그러고 뭐고, 그냥 마법을 썼을 뿐이야! 그런데 쓸 때마다 대미지를 입는다고!"

"일단 회복해드릴게요. ──《힐》."

알이 회복 마법으로 마법사의 HP를 회복시키자 그가 고맙다고 작은 목소리로 중얼거리며 약간 차분해졌다.

그리고 눈앞에 있던 초보 플레이어를 관찰하다가 어떤 사실을 눈치챘다.

"어라? 장비가······."

"앗, 무기인 지팡이만 조금, 아니, 너무 좋은 거 아닌가?"

내가 눈치채고 라이나가 말한 것처럼, 그가 가지고 있는 무기인 지팡이만 초보와는 어울리지 않을 정도로 좋았다.

그 사실을 눈치챈 알은―――, 힐을 해주는 김에 물어보고 올게요, 라고 귓속말을 하고는 다른 플레이어들을 회복해주러 갔다.

"이봐, 그 지팡이는 어디서 난 거야?"

"이건 노점에서 초기 소지금을 전부 주고 샀어. 좋은 무기를 써서 적 MOB을 쓰러뜨리면 금방 레벨이 올라서 돈을 벌 수 있다고 했거든."

그 말을 듣고 라이나도 귓속말을 했다.

(있지, 윤 씨. 이 사람, 속은 거 아니야?)

(으음~. 단순히 속았다고 할 순 없지. 이 정도 장비라면 30만G 이상 가치가 있을 것 같은데, 능력에 걸맞지 않은 무기를 사게 만든 모양이야.)

한없이 아슬아슬하게 악질적인 노점에서 피해를 입은 모양인 것 같다.

우선 눈앞에 있는 플레이어에게 사실을 말해줘야겠다.

"내 말 좀 들어줄래? OSO에서는 플레이어에게 걸맞지 않은 장비를 장착하면 이런저런 부작용이 생기거든."

"뭐어?"

그가 처음 들었다는 듯이 놀라자 나는 천천히 몇 가지 사례를 들며 설명했다.

예를 들어 무기나 방어구 같은 경우에는 속도가 저하되거나, 애초에 무기를 들어 올리지 못하게 되기도 한다.

그리고 내가 사용하는 활 같은 경우에는 DEX가 부족하면 자해 대미지가 발생한다.

마법사인 그 같은 경우에는 INT가 부족하기 때문에 마법의 폭주로 인해 자해 대미지를 입었을 것이다.

그 이야기를 듣고 눈앞에 있던 플레이어가 무릎을 꿇고는 두 손을 땅바닥에 짚었다.

"너무 솔깃하다고 생각은 했는데, 역시 그랬구나……."

"음……, 완전히 허사인 건 아니고, 지금만 쓰지 못할 뿐이니까……."

내가 그 마법사를 위로해주고 있자니 다른 플레이어들을 둘러보러 갔던 알이 돌아왔다.

"윤 씨, 다른 사람들에게도 이야기를 듣고 왔어요. 자기 상황에 안 맞는 무기 같은 것에 돈을 너무 많이 써버려서 회복 아이템이나 식량이 없는 사람이 많은 것 같아요."

"그렇구나. 여기서 [아트리엘]의 포션을 싸게 팔더라도 다들 살 돈도 없을 테고……, 잠깐 의논 좀 할까?"

나는 라이나와 알을 향해 돌아선 다음, 초보인 그들을 도와주고 싶다고 말했다.

"우선, 이 초보들을 내버려 두는 건 뒷맛이 씁쓸할 테니

도와주고 싶은데, 괜찮을까?"

내가 라이나와 알에게 묻자 그 두 사람도 맞장구를 쳐주었다.

"우리도 그렇게 도움을 받았으니까, 윤 씨를 도울게! 선배 플레이어의 위엄을 보여줄 거야!"

"저도 괜찮을 것 같아요. 바로 해보죠!"

"그럼 결정됐네! 이봐~! 우리가 초보들을 지원해줄 테니까 조언이나 도움이 필요한 플레이어들은 이쪽으로 와줘!"

"전투를 도와줬으면 하는 사람들도 도와줄게! 그리고 HP나 MP, 만복도를 회복시키고 싶은 사람들도 이쪽으로 와!"

우리는 일단 파티를 해산한 다음, 초보들을 지원해주기 시작했다.

"MP가 바닥난 녀석들은 내가 회복시킬게. ──《존 트랜스퍼》!"

알이 좀 전에 돌아다니면서 회복 마법을 걸어주었기에 HP가 줄어든 플레이어는 없다.

MP가 자연스럽게 회복될 때까지 기다리고 있던 플레이어들에게는 [염동] 센스에 있는 MP 양도 스킬인《트랜스퍼》를 걸었고, 만복도가 줄어든 플레이어에게는 최근에 만들어두었던 [선플라워 씨유]로 튀긴 도너츠를 나누어주었다.

"그럼 내가 적 MOB을 끌어들일 테니까 당신들은 마음대로 공격해!"

라이나는 전투 보조를 원하는 초보 플레이어들과 파티를

짜고 [어그로 집중] 추가 효과가 있는 피로 물든 장비를 장착한 뒤에 모여든 적 MOB을 안전하게 공격하게 해주었다.

현재 상태와 걸맞지 않은 무기를 구입한 플레이어들도 무기 센스를 취득했을 때 받은 초기 무기로 전환해서 공격하고 있다.

그 이외에도 나와 알은 남문 근처에서 대기하며 HP와 MP가 소모되어 돌아온 초보 플레이어들에게 《힐》과 《트랜스퍼》를 걸어주고 전투나 취득한 센스를 다루는 법에 대해 함께 의논해주면서 초보들을 계속 지원해주었다.

점점 안정적으로 적 MOB을 사냥할 수 있게 된 플레이어들은 그곳을 떠났고, 우리는 약간 레벨이 높은 에리어로 가는 뒷모습을 바라보았다.

라이나 쪽도 어느 정도 센스의 레벨이 오른 플레이어들을 빠지게 하고 다른 플레이어들과 교대해서 졸개 MOB을 사냥시켜주고 있었다.

"이런?! 벌써 이런 시간이네! 점심밥을 해야 하는데!"

"앗, 벌써 그런 시간이 되었군요. 라이, 어떻게 할까?"

토요일 아침에 로그인해서 시작한 초보 지원은 벌써 점심때까지 하고 있었다.

하지만 여기 있는 초보 플레이어들은 줄어들기는커녕, 다른 문 근처에 있던 플레이어들도 소문을 듣고 모여들어서 숫자가 늘어났다.

그런 상황에 대해 알이 묻자 적 MOB을 끌어들여서 초보들에게 안전하게 공격하게 만들어주던 라이나가 소리쳤다.

"우선 초보들에게 이것저것 가르쳐주었고, 처음에 잘 풀리지 않았던 이유도 알게 되었으니 우리는 쉬어도 되겠지."

이제 초보들끼리 서로 가르쳐주면 처음에 벌어졌던 이상한 상황은 방지할 수 있을 것이다.

『이럴 수가……, 벌써 가버리시는 건가요?』

하지만, 라이나가 그렇게 말하자 지도를 받고 있던 초보들이 우리에게 호소하는 듯한 눈빛을 보냈다.

"후훗……, 후배 플레이어들이 따라주는 것도 좋을지도. 아, 아니, 어쩔 수 없지! 오후부터도 도와줄게! 지금은 점심을 먹으러 로그아웃할 거야!"

"라이, 그렇게 쉽게 받아들이면……."

"정말, 신났네. 뭐, 오늘 하루만 도와주기로 할까."

우리는 점심을 먹기 위해 일단 해산해서 로그아웃했다.

그리고 다시 로그인해서 남문 쪽에 모이자 이번에는 좀 전보다 더 많은 플레이어들이 모여 있었다.

"윤이 초보들을 지원해주고 있다는 이야기를 듣고 도와주러 왔다."

"감사합니다!"

모여든 플레이어들 중에는 초보 말고도 [아트리엘]에 물건을 사러 와주는 기존 플레이어들도 있었다.

그들 덕분에 오후부터는 초보 지원을 더욱 제대로 해줄 수 있게 되었다.

그리고———.

┌┬┬———오늘 하루, 감사합니다!」┘┘

"고생했어. OSO를 제대로 즐겨줬으면 좋겠네."

오늘 초보 지원을 받은 플레이어들이 마칠 때 우리에게 인사를 해주었기에 나는 약간 쑥스러워하며 그렇게 말했다.

우리의 보조를 받은 초보들은 어느 정도 전투 방식을 이해한 뒤, 그곳에 있던 사람들끼리 균형 있게 센스 구성을 맞춘 플레이어들과 즉석 파티를 짜고 모험에 나섰다.

우리는 그들을 알고 있는 적정 레벨의 적 MOB과 괜찮을 것 같은 퀘스트 같은 것들을 알려주고 차례차례 보냈다.

저녁쯤 되자 새로운 초보가 추가되지 않았고, 초보 지원을 마치게 되었다.

"윤 씨, 고생하셨어요. 왠지 하루 내내 일이 커져버렸네요."

"미안해. 내 억지에 라이나하고 알을 끌어들여서⋯⋯."

오늘 하루는 피로 물든 장비의 저주를 풀기 위해 MOB을 쓰러뜨릴 예정이었는데 초보 지원만 하다가 끝나버렸다.

"그러고 보니 그 이상한 상황은 왜 일어난 걸까요?"

알이 의아하다는 듯이 오늘 만났던 초보들의 상황을 떠올리며 중얼거렸다.

"나도 들은 이야기인데, 요즘은 초보들을 지원해주는 플레이어들이 줄어들었다는 것 같아."

1주년 이벤트 등으로 초보들의 유입이 많은 시기가 지났기 때문인지, 약간 늘어나고 있던 초보 플레이어들 중 일부가 도움을 받지 못한 모양이었다.

　그 상태에서 현재 상태에 안 맞는 무기를 파는 악질 플레이어가 나타나자 더더욱 혼란스러워한 것 같았다.

　"초보를 지원해주는 플레이어들은 우선 초보들이 자주 가는 동서쪽 근처에 모여 있으니까 남북쪽 문을 통해 평원으로 나간 초보를 미처 보지 못한 것 같아."

　하지만 우리가 초보들을 지원해주는 모습을 본 플레이어들이 정보를 퍼뜨려서 도와주러 와주었고, 이번 문제에 대해 알려졌기에 플레이어들끼리 대책을 마련하려는 것 같았다.

　"그랬군요. 다행이네요. 그래도 결국 피로 물든 장비의 저주를 풀지 못한 건 아쉽네요."

　"후후후……, 무슨 소릴 하는 거야! 피로 물든 장비의 저주는 다 풀었는데!"

　한숨을 크게 쉰 알에게 라이나가 신이 나서 대답했다.

　"어? 정말로?"

　"그래, 다 풀어. 아침부터 저녁까지 계속 초보들하고 파티를 짜고 졸개 MOB을 계속 사냥했으니까! 꽤 많이 풀었다고!"

　"진짜구나……."

　"라이, 어느새……."

　라이나가 한 말을 듣고 나와 알이 멍해졌다.

　피로 물든 장비는 플레이어가 쓰러뜨린 MOB의 숫자에 따라 저주가 풀린다.

그리고 그 숫자는, 파티를 짠 다른 플레이어가 적 MOB을 쓰러뜨리더라도 가산된다.

피로 물든 장비는 [어그로 집중] 추가 효과로 초보들이 안전하게 싸울 수 있게끔 장비하고 있나 싶었는데, 토벌 횟수도 제대로 챙긴 모양이었다.

"흐흥! 사실 오후에 도와주러 오기 전에 저번에 만났던 암상인에게서 추가로 [피로 물든 장비]를 잔뜩 사들였거든! 그리고 NPC 무기 상점에서 팔던 [다재무능의 팔찌]가 있었지? 그걸 장비했더니 무기 종류와 상관없이 장비할 수 있었어!"

라이나는 그 성과로 저주가 풀린 유니크 장비인 '묘지기' 시리즈와 컨버트 계열 추가효과를 지닌 장비를 차례차례 늘어놓았다.

"그 결과로, 자. 알이 가지고 싶어했던 [힘을 지력으로]도 손에 넣었어. 내가 가지고 싶었던 [지력을 방어로]도 나왔으니까, 매우 만족스러운 결과지."

"고마워, 라이."

"정말……, 라이나도 참 약삭빨라졌구나."

어느새 그렇게 성장한 건지, 내가 그렇게 중얼거리자 라이나가 힘차게 웃었다.

"계속 약한 후배 플레이어일 수는 없으니까! 지금이라면 윤 씨보다 강할지도 몰라."

"나는 생산직이니까. 아마 내가 그냥 질걸……."

나도 그렇게 말하며 웃었다. 오늘은 좋은 일도 한데다 라이나 일행의 목적도 의도치 않게 달성할 수 있었다.

"그러면 노리던 컨버트 계열 장비를 손에 넣었으니 우리 액세서리를 윤 씨에게 부탁할게!"

"그러게요. 별도로 필요한 소재나 아이템이 있다면 모아 올게요!"

"알겠어. 그래도 너희가 어떤 액세서리를 만들어줬으면 하는지 다음에 의논해서 필요한 소재를 정하자고."

노리던 컨버트 계열 추가 효과를 손에 넣은 라이나와 알에게서 액세서리 제작 의뢰를 받기로 약속한 다음, 해산하게 되었다.

오늘 성과는 꽤 괜찮았다. 나도 만족하며 로그아웃했다.

나중에 내가 초보들을 지원해준 행동이 아이들을 인솔하는 보모라는 식으로 이야기가 퍼져서 끙끙대게 된 건 여담이다.

3장 신조룡의 스타 뱅글과 니트로 포션

"자, 윤 씨! 바로 이 컨버트 계열 추가 효과가 달린 액세서리를 만들어줘!"

"라이. 우선은 필요한 소재에 대해 의논부터 해야지."

라이나와 알은 제작할 액세서리에 대해 의논하기 위해 [아트리엘]에 왔다.

평소처럼 알이 라이나를 달랜 뒤, 나는 두 사람으로부터 액세서리의 희망사항을 들었다.

"나는 방어력을 중시하니까 아다만타이트 액세서리를 가지고 싶은데."

"저는 화속성 마법을 주로 다루니까 상위 속성 금속으로 부탁드릴게요."

라이나의 액세서리에 쓸 아다만타이트는 황야 에리어의 지하 계곡에서 채굴할 수 있고, 알이 쓸 상위 속성 금속은 하위 속성 금속을 섞은 미스릴 합금에 같은 속성을 지닌 강한 아이템을 추가해서 [마력 부여]의 EX 스킬로 변질화시킬 필요가 있다.

"아다만타이트하고 화속성 플레어다이이트를 기반으로 삼으면 문제가 없으려나? 그리고 장식이나 추가 효과는 어떻게 할래? 만들어줬으면 하는 디자인의 이미지라거나, 써줬으면 하는 소재를 가지고 오면 맞춰줄게."

액세서리에 보석이나 조각 같은 장식을 넣으면 약간의 스테이터스 상승 효과를 얻을 수가 있다.

그리고 액세서리의 용량에 따라 다르긴 하지만, 추가 효과를 많이 부여하면 그만큼 강력해진다.

"그렇지, 장식은 중요하니까. 디자인은 내가 지금 장비하고 있는 거하고 맞춰서! 추가 효과는 나중에도 부여할 수 있으니까 일단은 보류!"

"알겠어. 우선 액세서리 소체를 중심으로 생각해볼까."

그리고 나는 간단히 필요한 소재의 리스트를 만들어서 두 사람에게 보여주었다.

"으……, 소재가 꽤 많이 필요하구나. 그래도 저렴하고 좋은 액세서리를 손에 넣기 위해서 열심히 할 거야!"

"그러게! 우선은 광석 계열부터 모아볼까!"

내가 어느 정도 소재를 가지고 있긴 하지만, 그걸로 만들면 소재비까지 들어서 가격이 매우 비싸진다.

그래서 두 사람은 저렴하게 만들 수 있게끔 소재를 가지고 오는 조건으로 액세서리의 제작을 의뢰한 것이다.

그리고 그런 라이나와 알을 [아트리엘] 카운터에서 배웅한 나는 약간 뜸을 들이다가 살짝 각오를 다졌다.

"라이나하고 알이 소재를 모아오기 전에 조금이라도 세공 계열 센스 레벨을 올릴까? 사막 에리어에서 손에 넣은 아이템도 이것저것 시험해봐야지."

그렇게 중얼거리며 인벤토리에서 새까만 액체———, [신비의 흑광유]를 꺼냈다.

이것은 사막 에리어의 까만 연못에서 채집할 수 있고 원유처럼 가연성인 액체다.

그대로 공격 아이템으로도 이용할 수 있긴 하지만, 더 가공할 수 있을지 시험해 보았다.

"우선, 가열해볼까."

곧바로 [아트리엘]의 공방에서 [신비의 흑광유]를 플라스크에 넣고 가열하기 시작하자 잠시 후에 끓기 시작했고, 기화되었다.

"오, 고여 있던 기름의 점도가 높아졌네."

부글부글 끓으며 거품을 일으키던 까만 기름의 점성이 눈에 띄게 늘어난 직후, 주위 공기에 달콤한 향기가 방안에 가득 차기 시작했다.

그 냄새에 취해 머리가 약간 멍해진 와중에 슬슬 멈추는 게 나으려나, 그렇게 생각한 직후———, 퍼엉, 그렇게 무언가에 인화한 듯한 가벼운 소리가 울리고는 단숨에 플라스크 주위가 타올랐다.

"잠깐! 으앗?! 이, 인화했어?!"

기화한 [신비의 흑광유]가 가연성 가스였는지, 플라스크를 가열하던 불꽃에 인화했고, 눈앞에서 단숨에 커다란 불꽃이 솟구쳤다.

바로 앞에서 작업하고 있던 나는 무심코 그곳에서 뒤로 뛰어 물러났고, 의자에 걸려서 바닥에 엉덩방아를 찧었다.

공중으로 세차게 오른 불꽃은 플라스크 안에 남아있던 [신비의 흑광유]에도 옮겨붙어서 까만 연기와 그을음을 남기며 계속 타고 있었다.

　　"아야야……, 아~, 실수했네. 끓여서 나온 게 가연성 가스였구나. 일단 정리해야지."

　　소량으로 실험을 했기에 작업대 주위가 약간 그을리기만 한 게 다행이었다.

　　하지만, 작업에 실패해서 풀죽은 채 창문을 열고 방안에 가득 찬 공기를 환기한 다음에 그을린 도구 등을 정리하고 다시 도구를 준비했다.

　　"기화한 가연 가스를 안전하게 모으려면 증류기를 쓰는 게 나으려나?"

　　요즘은 [생명의 물]을 쓰는 경우가 많지만, 약초로 포션을 만들 때 그냥 물보다는 불순물을 한 번 없앤 증류수로 만드는 게 더 좋은 포션을 만들 수 있다.

　　그럴 때 쓰는 증류기에 [신비의 흑광유]를 세팅하고 다시 가열하기 시작했다.

　　그리고 끓어서 기화한 가스가 위쪽 관을 지나 관 안에서 식자 노란색을 띤 액체가 옆쪽 플라스크에 조금씩 고이기 시작했다.

　　"이제 괜찮은 느낌으로 가공할 수 있으려나."

　　[신비의 흑광유]를 계속 가열하자 잠시 후에 두 가지의 아이템으로 분리할 수 있었다.

한 가지는 기화한 가스를 냉각해서 노란색을 띤 액체로 되돌린———, [태양신의 낙루].

다른 하나가 가열한 플라스크 안에 남아있던 점성이 강하고 까만 액체———, [암흑신의 역청유]였다.

[태양신의 낙루]는 말하자면 가솔린 같은 가연성 액체다.

이것을 병에 담아 던지면 기존보다 강한 화염병을 만들 수 있을 것 같다.

[암흑신의 역청유]는 아스팔트나 콜타르 같은 접착제나 도료로 쓸 수 있을 것 같다.

원래 가연성을 지닌 소재로 만들었기에 내화성이 낮은 소재이긴 하지만, 내수성은 있기에 써먹을 구석은 있을 것이다.

"이 [암흑신의 역청유]는 리리가 쓰려나? 다음에 가져다 줘야지."

그렇게 중얼거리며 다른 쪽 플라스크에 고인 [태양신의 낙루]를 빤히 바라보다가 호기심이 들어서 그 액체를 다시 증류기에 넣었다.

"다시 증류하면 어떻게 되려나? 아이템이 소멸할까, 아니면 다른 아이템으로 바뀔까."

나는 [신비의 흑광유]를 증류하는 것과 동시에 [태양신의 낙루]도 증류했다.

가열한 [태양신의 낙루]에서 녹색 기체가 올라간 뒤 관을 통해 식었지만, 수랭 방식으로는 액화되지 않는 것 같았다.

일단 수집한 녹색 기체를 플라스크에 모으고 마개를 닫은 다음에 아이템을 확인했다.

"―――[파괴신의 숨결(소)]라니, 이름이 살벌하네. 그리고 소라면 중이나 대도 있는 건가?"

녹색으로 수상쩍게 일렁이는 플라스크 속 기체를 보니 좀 전에 약간 그을린 정도로는 끝나지 않을 것 같다는 예감이 들었지만, 여기까지 온 이상 호기심을 억누를 수가 없다.

"그냥 증류수에 넣어도 더 이상 플라스크에 기체가 들어가지 않을 테고, 일단 [빙결액]이나 아이스 젤로 식혀서 액체로 만들면 가능하려나?"

나는 다시 증류기에 [태양신의 낙루]를 보충하고 가열한 다음, 물을 채운 용기에 플라스크를 적시고 냉각수로 [빙결액]을 부어 넣었다.

[빙결액]으로 인해 물이 얼었고, 녹색 기체가 액체로 돌아와서 플라스크 바닥에 고이기 시작했다.

"온도는―――, 대충 10도 정도에서 액체가 되는구나."

[파괴신의 숨결]이 녹색 액체로 변하고 플라스크에 절반 정도 고이자 마개를 닫았다.

[빙결액]의 효과가 사라지자 기체로 다시 돌아가기 시작한 [파괴신의 숨결]이 안쪽에서 마개를 밀어내려 하고 있었다.

"으앗?! 기체로 돌아와서 팽창했구나! 튼튼하게 고정해야 겠어!"

나는 급하게 플라스크 마개를 누른 다음, 인벤토리에서 꺼낸 바늘로 플라스크 마개를 고정했다.

"휴우……, 이걸 만드는 건 좀 위험할지도 모르겠는데…….."

처음에 플라스크에 담은 기체보다 농도가 진하기 때문인지 진한 녹색 기체가 일렁이고 있다.

아이템 이름도 [파괴신의 숨결(대)]. 예상대로 강화할 수 있었지만, 왠지 기분 나쁜 예감이 든다.

"우선 가연성인 [신비의 흑광유]로 만든 아이템이니까 다른 아이템도 화기엄금이겠지."

나는 [아트리엘]에서 조금씩 [신비의 흑광유]를 정제하며 증류된 아이템을 인벤토리에 넣었다.

편하게 만들기 위해 [신비의 흑광유]를 대량으로 단숨에 증류한 결과, 실수로 인화해서 대폭발을 일으키는 건 말도 안 되는 상황이기에 정말로 조금씩 작업을 해나갔다.

폭발할 위험이 있는 증류 작업이기에 불을 이용한 다른 생산 활동도 하지 못했고, 사막 에리어나 최근에 손에 넣은 아이템만 정리했다.

"───[디저트 글래스]하고 운성강 파편, 백금 자갈, 그리고 사막에 묻혀 있던 뼈하고 화석, 다이아몬드 같은 보석 원석. 나머지는 호위 퀘스트 보수로 받은 무기구나. 새로운 액세서리라도 만들까."

내가 최근에 만든 범용 액세서리로 [사수의 골무]가 있다.

[사수의 골무]는 알이 주문한 마법 금속과 동급인 토속성 어스다이트를 소재로 삼아 물리와 지속성을 강화해주는 액세서리다.

다음에 내가 액세서리를 만든다면 다른 측면을 보강할 수 있는 액세서리를 만들고 싶다.

"만든다면 다음은 마법 타입이나 방어 계열이겠지."

그렇게 아이템을 늘어놓고 고민하던 나를 향해 환기를 위해 열어둔 창문으로 장난꾸러기 요정 플랜이 날아들어 왔다.

"뭐야? 뭐야?! 뭐 재미있는 거 해?"

"플랜이구나. 잠깐 액세서리를 정리하는 김에 다음에 만들 액세서리에 대해 생각하고 있었어."

내가 산더미처럼 쌓아둔 소재를 보고 플랜이 말을 걸었다.

"그럼 내 액세서리를 만들어줘! 아니, 만드는 게 아니라, 내 벨트를 더 강하게 만들어줘!"

"강하게라니, 그 벨트를?"

내 눈앞에 멈춘 플랜이 뽐내면서 허리에 두르고 있던 벨트를 보여주었다.

예전에 가지고 있던 소재로 만든 요정용 미니 벨트에는 딱히 대단한 성능이 없다.

하지만 플랜은 그것을 소중히 써주고 있고, 실용적으로 만들고 싶은 모양이었다.

"보조 타입인 플랜을 지켜주는 액세서리가 필요하긴 하겠지."

플랜의 벨트 가죽을 더 상위인 소재로 바꾸고, 고리를 철보다 더 가벼운 운성강으로 다시 만들고, 플랜의 장점을 더 잘 살릴 수 있게끔 SPEED 상승 계열 추가 효과를 부여하면 생존 능력이 더 올라갈 것 같다.

그렇게 혼자 플랜의 벨트 개량 계획을 생각해 나갔다.

"좋아, 내 액세서리하고 같이 만들까."

"와~! 그럼 기대하면서 기다릴게!"

플랜은 그렇게 말한 다음, 허리에 차고 있던 요정 크기 벨트를 풀어서 내게 건넨 뒤 곧바로 창밖으로 날아가 버렸다.

"자, 플랜의 벨트를 강화해볼까."

마침 하고 있던 [신비의 흑광유] 증류도 끝났기에 증류기를 정리한 다음 플랜의 벨트를 개량하기 시작했다.

벨트의 고리는 곧바로 운성강으로 만들고 벨트의 가죽은 와이번 가죽을 이용한다.

와이번 가죽을 예전 벨트와 같은 폭으로 자른 다음, 예전 벨트 색과 비슷한 염료로 물들였다.

벨트의 파츠를 조립해서 완성시킨 다음, 마지막으로 추가 효과를 부여하는 단계에서 문득 생각이 났다.

"운성강으로 만들면 마음대로 부여할 수 있는 추가 효과 슬롯이 3개구나. [SPEED 보너스]하고 [SPEED 부가]. 나머지 하나는……, 혹시 그것도 쓸 수 있으려나?"

나는 생각나는 대로 완성시킨 다음, 이름이 없었던 요정의 벨트에 이름을 붙였다.

유정의 유대 [장식품] (중량 : 1)
DEF + 10, SPEED + 10, 추가 효과 : SPEED 보너스, SPEED

부가, 한정 회피(10/10), 장비 중량 경감(소)

유성과 제멋대로 부는 바람 같은 장난꾸러기 요정을 합친 이름이다.

장비의 특징은 [조금사]와 [부가술사]의 센스로 부여할 수 있는 추가 효과 두 종류와 운성강 소재 특성으로 붙은 [장비 중량 경감(소)]가 있다.

그리고 얼마 전에 암상인에게 구입한 [한정 회피] 추가 효과도 부여했다.

[장비 중량 경감] 추가 효과는 원래 장비 중량이 1인 플랜의 벨트에는 의미가 없지만, 다른 소재로 업그레이드했을 때도 사라지지 않고 남기 때문에 나중에 강화할 때는 의미가 있을 것이다.

[한정 회피]는 횟수가 정해져 있지만, 분명 플랜을 지켜주겠지.

그렇게 플랜의 벨트를 완성시킨 다음, 내 액세서리 제작에 착수했다.

"자, 이번에는 이 소재를 써볼까."

예전에 제1마을 상공을 날아다니던 배회 MOB인 가루다 드래곤으로부터 대량의 소재를 손에 넣은 적이 있었다.

이번에는 가루다 드래곤의 뿔을 기반으로 만들어 볼 생각이다.

뼈와 이빨, 뿔 같은 생체 소재는 작은 칼로 조금씩 깎아서 형태를 잡고, 연마제 등을 이용해서 예쁘게 다듬어 나갔다.

가루다 드래곤의 뿔을 C자 모양으로 만든 다음, 사막 에리어에서 발견한 숫돌로 꼼꼼하게 갈았다.

뿔을 갈면 갈수록 검은색에 가까운 진한 녹색이 되었고, 뿔 안에서 작고 반짝이는 가루가 떨어져 마치 밤하늘 같은 아름다운 모습이 되었다.

나는 아름다운 팔찌를 두 개 만들어 테두리를 감색 아다만타이트로 깔끔하게 장식한 다음, 그것을 한 쌍의 액세서리로 완성시켰다.

"좋아, 다 됐네. 이제 추가 효과를 부여해야지."

이번에는 [조금사]와 [부가술사]로 DEF를 올려주는 추가 효과를 부여한 다음, 사막의 호위 퀘스트 보수로 손에 넣은 백금 앵크 크로스에서 [강화 효과 상승(중)]을 교체용 소형 망치로 옮겼다.

신조룡의 스타 뱅글 [장식품] (중량 : 3)

HP + 20%, MP + 10%, DEF + 25, INT + 25, 추가 효과 : DEF 보너스, DEF 부가, 강화 효과 상승(중)

"응. 방어와 마법 공격용 액세서리가 되었네. 우선 이 정도면 완성이지."

실제로 양쪽 손목에 차보니 C자 모양 팔찌가 꽉 조이는 듯이 크기가 자동으로 조정되었다.

아다만타이트와 생체 소재를 함께 써서 중량이 3인데도 별로 무겁게 느껴지지 않았고, 움직이는 데 걸리적거리지도 않았다.

신조룡의 스타 뱅글에는 아직 추가 효과를 부여할 수 있는 여유가 있지만, 상성이 좋은 강화 소재가 없기에 일단은 완성 상태다.

"이봐~, 플랜. 벨트가 완성되었어~!"

내가 공방의 창문으로 플랜을 부르자 뤼이, 자쿠로와 함께 플랜이 왔다.

"정말로?! 내 새 벨트가 벌써 완성된 거야?!"

"그래, 이게 플랜의 새로운 벨트야."

그렇게 말하며 손바닥 위에 올려놓은 새로운 벨트를 내밀자 플랜이 재빨리 허리에 두르고는 눈앞에서 돌아보았다.

"오오! 예전보다 힘이 넘쳐나는 게 느껴져! 그리고 예전보다 훨씬 가벼워!"

"그 벨트에는 [한정 회피] 추가 효과를 부여해두었어. 그러니까《리미트 닷지》라고 외치면 회피 스킬이 발동될……, 거야."

솔지깅 플레이어용 액티브 계열 스킬이지만, 언어를 이해할 수 있는 요정 NPC가 쓰게 하면 어떻게 될지 개인적으로 흥미가 있었다.

"———《리미트 닷지》! 아하핫, 빠르다, 빨라!"

슈웅, 슈웅, 하고 짧은 거리를 빠르게 연달아 이동하는 장난꾸러기 요정 플랜. 성공했다는 게 기쁘면서도 터무니없는 것을 준 건지도 모르겠다는 마음이 들었다.

"이제 아무도 나를 따라잡을 수 없어! 내가 술래잡기에서 1등이야~!"

"플랜, 너무 많이 쓰면 사용 횟수가 바닥난다."

내가 그렇게 주의를 주었지만, 벨트에 저장되어 있던 [한정 회피] 스킬을 전부 쓴 플랜이 스킬의 불발로 인해 공중에서 비틀거렸다.

"어어~?! 벌써 끝이야? 저기, 저기, 이거, 원래대로 안 돌아가?!"

"내일이 되면 횟수가 조금 회복될 테니까 그때까지 참아. 그리고 너무 자주 써서 여차할 때 못 쓰면 안 되니까 놀면서 쓰는 건 금지야."

내가 그렇게 말하자 플랜은 볼을 부풀리며 불만스러워했지만, 결국에는 납득해 주었다.

"어쩔 수 없지……. 그럼, 뤼이, 자쿠로! 고원 쪽으로 놀러 가자~!"

플랜은 그렇게 바깥에서 공방에 있던 우리를 들여다보고 있던 뤼이와 자쿠로를 데리고 개인 필드의 문으로 들어갔다.

훈훈한 광경에 마음이 푸근해진 나는 좀 전에 하다가 멈췄던 [신비의 흑광유] 증류를 다시 시작했다.

"나중에 [신비의 흑광유]로 만든 아이템의 성능도 다시 실험해 봐야지."

그렇게 중얼거리며 꾸준히 증류를 해나갔다.

●

사흘 뒤, [태양신의 낙루]와 [파괴신의 숨결]을 충분히 손에 넣은 나는 아이템의 성능을 실험하기 위해 혼자 개인 필드인 고원에 와 있었다.

개인 필드 고원 한가운데에는 별장인 로그하우스와 약초밭이 있고, 북동쪽에는 요정 NPC들의 놀이터인 숲과 꽃밭이 있다.

그곳 이외는 아직 손대지 않은 초원이기에 스킬이나 아이템의 연습, 실험에 적합하다.

"자, 원거리 착화용 도구도 준비했으니까 해볼까."

실험을 위해 차광 글래스를 쓴 [워커 고글]을 장착한 나는 착화 장치를 땅바닥에 깔았다.

내 손에는 남쪽 외딴섬 에리어에서 채집할 수 있는 고무 소재로 뒤덮인 긴 피복 구리선이 있고, 그 양쪽 끝에는 드러난 구리선에 [번개돌 파편]이 묶여 있다.

"그건 그렇고, 일부러 안전하게 착화시키기 위해 이런 걸 만들게 될 줄이야."

화속성 마법을 쓰지 못하는 나는 원거리에서 [태양신의 낙루]와 [파괴신의 숨결]에 불을 붙이는 게 조금 힘들다.

그렇기 때문에 총알의 뇌관으로 쓰고 있는 [번개돌 파편]

의 성질을 이용한 착화 장치를 직접 만들었다.

[번개돌 파편]은 강한 충격을 가하면 순식간에 전기를 방출해서 주위에 불꽃과 약한 [마비] 상태이상을 일으킨다.

그렇게 발생한 전기는 피복 구리선을 따라 멀리 떨어져 있는 다른 쪽 [번개돌 파편]까지 전달되고, 불꽃을 발생시킨다.

"거리는 10미터. 이 정도면 안전하려나."

미리 바비큐를 할 때 쓰는 넓고 얇은 철판에 포션 한 병 분량의 [신비의 흑광유]를 붓고 피복 구리선에 연결된 [번개돌 파편]을 적시자 착화 준비가 끝났다.

"우선 원본인 [신비의 흑광유]부터. 간다━━━, 착화!"

나는 구리선에 감긴 [번개돌 파편]을 망치로 내리쳤다.

부서진 [번개돌 파편]이 스파크를 일으켰고, 거의 동시에 [신비의 흑광유]가 든 철판 쪽에서도 [번개돌 파편]이 부서져서 불꽃을 흩뿌리며 [신비의 흑광유]에 불을 붙였다.

"오오, 꽤 제대로 타고 있네."

빨간 불꽃이 허리 높이까지 솟구친 것을 바라보며 곧바로 피복 구리선을 감아서 회수했다.

"피복 구리선은 약간 그을렸네. 피라미드 던전의 함정을 봤으니 큰 대미지를 입지 않을 건 알지만, 일단 끄트머리만 교환할까."

솟구치는 불꽃을 곁눈질하며 피복 구리선의 끄트머리 1미터 정도를 떼어내고 예비 피복 구리선을 이어붙였다.

이 피복 구리선은 원래 10미터 정도지만 단번에 만들기는 힘들기에, 1미터 정도 되는 것들을 이어붙여서 만들었다.

그렇기에 한쪽 끄트머리가 그을리면 그 부분을 떼어내고 예비 피복 구리선을 이어 고무로 만든 절연 테이프로 보강한 뒤, [번개돌 파편]을 양쪽 끝에 감으면 된다.

그렇게 작업하는 동안에도 [신비의 흑광유] 불꽃은 사라지지 않은 채 계속 타올랐고, 전부 다 탈 때까지 약 3분 정도가 걸렸다.

"[신비의 흑광유]는 화속성 대미지보다는 열기 대미지를 지속적으로 입히는 게 메인인 아이템이려나."

연소 효과 시간이 길긴 하지만, OSO의 1주년 업데이트로 인해 지속 대미지가 입힐 수 있는 대미지에 한계가 생겼다.

HP가 적은 MOB에게는 효과적이지만, 일정 이상의 HP를 지닌 MOB에게는 지속 대미지에 한계가 있기에 효율이 안 좋을지도 모르겠다.

"뭐, 독하고 열기 지속 대미지를 중첩시키는 것도 나쁘지 않을 것 같은데. 다음은———, [암흑신의 역청유]를 시험해 보자."

콜타르와 비슷하게 점성이 강한 도료가 잘 타려나, 그렇게 걱정하면서도 좀 전과 마찬가지로 착화 준비를 한 다음, 번개돌을 부셨다.

"———착화! ……실패구나."

[번개돌 파편]을 망치로 부순 직후, 10미터 정도 떨어진

곳에서 자그마한 번갯불이 보였지만, 몇 초 동안은 침묵이
이어졌다.

제대로 불이 붙지 않고 연기만 약간 피어오른 것을 보고
는 어깨를 늘어뜨렸다.

하지만, 몇 초 뒤에 변화가 생겼다.

"에휴……, 아니, 으엑?! 검은 연기?! 그리고 냄새가?!"

까만 연기를 뭉게뭉게 피우며 거세게 타오르기 시작한 [
암흑신의 역청유]. 나는 주위에 감돌기 시작한 냄새 때문에
입가를 막았다.

"콜록콜록……, 대미지는 없는 것 같긴 한데, 환경에 안
좋을 것 같은 방식으로 타네……."

기침하며 거리를 벌린 나는 뭉게뭉게 타오르는 검은 연기
를 올려다보았다.

대미지 아이템으로서는 못 써먹을 것 같지만, 이 거센 연
기와 자극적인 냄새를 이용해서 PVP용 아이템 연막을 만
들 수 있을지도 모르겠다.

마법약인 [섬광액(플래시 리퀴드)]은 강한 빛으로 시야를 가
리지만, 이쪽은 검은 연기 자체로 시야를 막을 수 있기에 장
소나 용도에 따라 나누어서 쓸 수 있을 것이다.

"그렇다면 점성이 높은 액체 상태로는 다루기가 힘들겠는
데. 톱밥 같은 거에 기름을 적셔서 말린 걸 작게 뭉치면 써
먹을 수 있겠어."

거기에 도화선 같은 걸 달면 연막 불꽃놀이처럼 될 것 같

다. 그런 개량안을 가지고 있던 메모지에 적어넣었다.

"도주 수단 중 하나로 진지하게 연구해보는 것도 괜찮을 것 같고……."

나는 그렇게 중얼거리며 검은 연기에 그을리기만 한 피복 구리선을 감은 다음, 시간이 지나자 얼룩이 사라진 걸 확인하고 [태양신의 낙루]에 불을 붙일 준비를 시작했다.

"좋아, 지금부터가 진짜 시작이지."

지금까지는 [신비의 흑광유] 그 자체와 증류했을 때 남은 찌꺼기였다.

진짜 목적인 [태양신의 낙루]에 얼마나 강한 파괴력이 있을지 조사하는 게 겁났지만, 그래도 시험은 해봐야 한다.

"———착화!"

세 번째 불을 붙였을 때는 금방 불기둥이 솟구쳤다.

그 불꽃은 [신비의 흑광유]에 비해 거세고 푸르스름한 불꽃과 가벼운 폭발을 일으켰다.

그런 한편, 연소 시간이 1분도 되지 않아서 이쪽은 대미지 아이템 쪽 성질이 강한 것 같은데…….

"그래도 역시 별도로 착화 수단을 마련해야만 하니까 써 먹기가 힘드네."

미리 [태양신의 낙루]를 상대방에게 던져두고 화속성 마법의 위력을 강하게 만들 수도 있긴 하겠지만, 범용성이 부족하다.

"그리고 이 아이템이 사막 에리어에서 통할까?"

게임 쪽으로 전술을 생각하면 손에 넣은 아이템을 그 에리어에서 유용하게 써먹을 수 있는 경우가 많다.

예를 들어 해안 에리어나 외딴섬 에리어에서 손에 넣은 해초인 [시사이드 캐비어]로 수중 호흡을 보조해주는 [브리징 포션]을 만들 수가 있고, 사막 에리어의 캐러멜 카멜의 카멜 밀크를 써서 만든 요리를 먹으면 일시적으로 [열기 내성]을 얻을 수 있다.

그와 마찬가지로 [신비의 흑광유]도 사막 에리어의 공략을 유리하게 진행하게 해주는 아이템이 되나 싶었는데, 예상이 빗나간 건지도 모르겠다.

"아니, 아직 [파괴신의 숨결]이 남아있잖아. 혹시나 이쪽이 범용성이나 사용 편의성이 더 강할지도 모르니까……."

[파괴신의 숨결]은 상온에서 기체이기 때문에 좀 전처럼 바비큐용 철판에 부어서 착화시킬 수가 없다.

그 대신, 플라스크 마개에 착화장치 끄트머리를 끼우고 밀폐된 상태에서 폭파할 수 있게끔 손을 써두었다.

나는 마지막 실험 준비를 마치고 [파괴신의 숨결]에 불을 붙였다.

"스읍~, 하아~. 이제 진짜로 시작이다. 간다———, 착화!"

심호흡을 하면서 마음을 가라앉힌 다음, 각오하며 번개돌에 망치를 내리쳤다.

그리고 불이 붙은 것과 동시에 콰앙! 뱃속까지 울리는 폭발음이 울렸고, 열기와 충격파가 멀리 떨어져 있던 내가 있는 곳까지 울려서 나도 모르게 엉덩방아를 찧어버렸다.

"……까, 깜짝 놀랐네……. 저 폭발은 대체 뭐야?"

내 토속성 마법인《익스플로전》과 동등한 위력을 지닌 듯한 폭발의 발생 지점을 향해 조심조심 다가갔다.

"으엑, 지면이 헤집어졌네."

플라스크로부터 반경 3미터 정도 범위의 지면이 폭발로 인해 날아가 버렸고, 풀이 파헤쳐진 채 그을려 있었다.

아래에 깔아두었던 얇은 철판도 까맣게 그을린 채 일그러져 있었다.

"위력은 중급 마법 정도. 불꽃 대미지라기보다는 순수한 폭발 대미지라는 느낌인데."

위력은 공격 아이템으로서 흠잡을 구석이 없지만, 상온에서 기화하는 성질은 역시 써먹기가 힘들다.

"같은 공격 아이템이라면 내 매직 젬의 연쇄 폭발로도 충분하고……, 오히려 그쪽이 싸고 다루기가 편하지."

매직 젬은 [부가] 센스로 만들 수 있는 아이템인 것에 비해 [파괴신의 숨결]은 [조합] 센스로 만들 수 있는 아이템이라는 차이가 있다.

하지만 이게 [신비의 흑광유]로 만들 수 있는 아이템의 한계일 것 같진 않다.

"아직 [신비의 흑광유]를 가열만 한 거니까. 그렇다면 가지고 있는 소재를 이것저것 섞어서 반응을 확인해 볼까."

아이템의 성능을 실험한 곳을 정리하고 [아트리엘] 공방으로 돌아온 나는 [신비의 흑광유], [태양신의 낙루], [파괴신의 숨결], 그 세 종류의 아이템에 다양한 소재를 더해서 반응을 확인했다.

"뭐, 항상 하던 실험이잖아. 시약 세 종류를 준비한 다음에 거기에 소재를 넣기만 하는 건데."

유일하게 상온에서 기화하는 [파괴신의 숨결]은 문 드롭을 재배할 때 사용했던 쇼케이스와 합성 MOB인 쿨러 젤을 조합한 저온 환경에서 보존과 실험을 진행한다.

그로부터 사흘 뒤———.

"아악~! 소재가 전멸했어!"

시약 세 종류에 다양한 소재를 넣어보았지만, 반응을 이끌어 내는 소재를 하나도 발견하지 못했다.

내가 가지고 있던 모든 소재에 시약 세 종류를 섞어보거나, 적시거나, 끼얹기도 했지만, 반응을 보인 소재는 하나도 없었고, 내 예상은 빗나갔다.

"으음~. [신비의 흑광유]의 한계는 더 높을 줄 알았는데, 예상이 빗나갔나?"

나는 혼자서 끙끙대며 공방의 천장을 올려다보고 생각에 잠겼다.

OSO는 매우 꼼꼼하게 만들어진 게임이다.

물론, 그냥 편하기만 하고 미지근한 게임과는 달리 다루기 힘든 센스도 있고, 플레이어를 가로막는 다양한 장애물 등의 불친절한 부분도 있다.

하지만, 다루기 힘든 센스도 다른 센스와 조합해서 예상하지 못한 놀라운 부분이나 발견을 만들어내고, 장애물 같은 것들도 그냥 부조리하기만 한 게 아니라 대책이나 대응이 확실하게 마련되어 있다.

게임이 그런 식으로 꼼꼼하게 디자인되어 있는 거다.

그렇기 때문에 [신비의 흑광유]를 가공하면 사막 에리어의 적 MOB에게 통할 거라 믿고 있는데.

"폭발물은 사막 에리어의 샌드 캣피쉬를 겁먹게 만드는 데 효과적이겠고."

사막 에리어를 돌아다니며 플레이어를 추적하는 거대 메기형 MOB인 샌드 캣피쉬는 모래를 삼키며 추적해 온다.

두꺼운 외피로 뒤덮인 몸에는 대미지가 거의 통하지 않는다.

판명된 공략법은 통째로 삼키려 하는 입속을 폭발시키면 모래 밖으로 튀어나와 약점인 하얀 배를 드러낸다는 것이다.

"그래서 사막 에리어에서 폭발 계열 공격 아이템을 만들 수 있을 거라 생각했는데."

가지고 있던 소재를 섞었는데도 반응을 보이지 않았기에 고민하고 있다.

"아아아아악! 안 되겠어! 생각이 안 나! 아직 손에 넣지 못한 소재가 필요한가?!"

북쪽 마을 근처의 소재나 에밀리 양 일행이 가 있는 수해 에리어 안쪽 등, 내가 아직 탐색하지 못한 에리어가 있고,

그곳의 소재가 필요할 가능성도 있지만……

"아니, OSO는 그렇게까지 불친절하지 않아. 사막 에리어나 거기에 도착하기 전에 있는 에리어의 소재로 만들 수 있을 거야! 분명히……, 아마도……, 혹시나……, 그렇다면 좋겠네."

중간부터는 내가 말하면서도 점점 자신이 없어졌고, 목소리가 작아졌다.

그러고 보니 최근에 완성시킨 [완전 소생약]의 제한 해제에도 다양한 에리어의 소재가 필요했지.

"왠지 생각하면 할수록 뭘 섞어야 할지 알 수가 없게 되네……, 어쩔 수 없지. 기분 전환도 할 겸, 과자라도 만들까."

나는 혼자서 어깨를 늘어뜨린 채 공방을 일단 정리하고 나서 기분 전환을 하기 위해 과자를 만들기 시작했다.

●

으득으득으득, [아트리엘]의 카운터에 앉은 나는 정신없이 상자 모양 도구의 핸들을 돌리고 있었다.

"뭘 어떻게 해야 반응을 보일까……, 부족한 소재가 뭐지? 혹시 소재의 상태가 다른 건가?"

혼자서 중얼거리며 핸들을 계속 돌리던 나에게 NPC 쿄코 씨가 말을 걸었다.

"윤 씨, 꽤 열심히 하고 계신 것 같은데, 뭐 하고 계신가요?"

쿄코 씨가 정신없이 단순 작업을 하고 있던 내 손 근처를 들여다보며 핸들이 달린 도구를 흥미롭다는 듯이 보고 있었다.

"아, 이건 견과류의 껍질을 까는 기계야. 안에 선플라워 씨를 넣고 핸들을 돌리면 씨하고 껍질을 분리해주는 모양이거든."

하지만 안이 보이는 건 아니기에 어떤 기구로 분리하는 건지 알 수가 없는 판타지 굿즈다.

요리 쪽으로 편리한 계열 아이템으로 NPC 가게에서 팔고 있길래 구입해서 두 번째 수확을 통해 손에 넣은 선플라워 씨를 식용으로 한꺼번에 껍질을 까고 있다.

씨유를 추출할 때는 껍질까지 통째로 압착시켜서 짜냈지만, 먹을 때는 단단한 껍질이 걸리적거리기 때문에 까야만 한다.

"봐, 금방 껍질을 이만큼이나 깠어."

내가 껍질 분리기 아래쪽에 있는 케이스를 꺼내자 거기에는 흑백 줄무늬 껍질이 벗겨진 노란색 선플라워 씨가 잔뜩 있었다.

하지만, 껍질을 깐 뒤에는 그 껍질이 어디론가 소멸하는 걸 보니 역시 판타지 도구다.

"윤 씨는 이걸로 뭘 만드실 건가요?"

"선플라워 씨를 볶아먹거나, 드라이 후르츠랑 선플라워 파운드 케이크. 그리고 플로랑탱 같은 것도 괜찮겠네."

파운드 케이크와 플로랑탱은 둘 다 호두나 잘게 썬 아몬드를 넣지만, 이번에는 선플라워 씨를 넣어서 만들어볼 생각이다.

진한 캐러멜 카멜의 젖이 있기 때문에 분명 플로랑탱의 캐러멜넛 층과 상성이 좋을 테고, 식감도 좋으면서 멋지게 만들어질 것 같다.

"양이 많은 것 같네요. 도와드릴까요?"

"고마워, 쿄코 씨. 이 차를 마신 다음에 같이 만들까?"

그리고 나는 NPC 쿄코 씨를 조수로 삼아 과자를 만들기 시작했다.

우선 파운드 케이크부터.

이번에는 드라이 후르츠와 잘게 썬 선플라워 씨를 대충 섞어서 만든 반죽을 네모난 틀에 붓고 그 위에 선플라워 씨를 뿌린 다음에 오븐으로 구웠다.

지금까지 여러 번 만들었던 파운드 케이크를 선플라워 씨의 식감을 즐길 수 있게끔 어레인지한 레시피다.

"윤 씨의 과자는 맛있긴 한데, 단번에 많이 만드니까 힘들어요."

"아하하, 미안해. 그래도 만드는 수고는 마찬가지니까 쌓아두고 싶어서 잔뜩 만들어버린단 말이지."

나는 쿄코 씨와 그렇게 이야기를 나누며 우선 파운드 케이크를 만들었다.

[아트리엘]에서 풍기는 설탕과 버터 향기에 낚인 뤼이와

자쿠로, 그리고 플랜이 이끌고 온 요정 NPC들이 창밖에서 조용히 이쪽을 들여다보고 있었다.

그리고 파운드 케이크가 구워지는 동안, 플로랑탱을 만들기 시작했다.

"쿄코 씨, 캐러멜을 만드는 걸 부탁할 수 있을까? 나는 쿠키 반죽을 만들 테니까."

"알겠어요."

우선 상온의 버터와 설탕을 하얗게 될 때까지 젓고, 그런 다음에 녹은 알과 체로 친 밀가루를 섞는다.

그렇게 만든 쿠키 반죽을 오븐 트레이의 틀에 맞춰서 늘린 다음, 일단 식혀서 반죽을 재워둔다.

그런 다음에는 포크로 쿠키 반죽 전체에 자잘한 구멍을 뚫고, 파운드 케이크를 굽는 오븐과는 다른 오븐으로 반죽을 굽는다.

"윤 씨, 캐러멜을 확인해주세요."

"응, 알겠어."

쿄코 씨에게 맡긴 캐러멜은 버터와 설탕, 요정향의 화왕밀, 캐러멜 카멜의 젖으로 만든 생크림을 넣고 차분히 약한 불로 가열했다.

나는 그것을 맛보고 나서 미소를 지으며 고개를 끄덕였다.

"응, 괜찮은 느낌인 것 같네. 그럼 선플라워 씨를 섞어서 반죽 위에 부을까."

하나하나가 큼직한 선플라워 씨를 썰어서 캐러멜과 섞은

다음, 열기가 식은 쿠키 반죽 위에 붓고 나서 균열하게 편다.

그리고 다시 오븐에 넣어 가열하고 캐러멜층의 표면이 녹아서 사탕 형태로 바뀌고 갈색으로 익을 때까지 기다린다.

오븐에서 꺼내서 다시 열기를 식힌 다음, 먹기 편한 크기로 나누면 플로랑탱이 완성된다.

"자, 다 되었으니까 시식을 해볼까."

"그럼 다시 차를 내올게요."

쿄코 씨가 차를 준비하기 위해 잠깐 자리를 비웠다. 뤼이, 자쿠로 일행이 눈을 반짝이고 침을 흘리며 과자를 바라보고 있었다.

"많이 만들었으니까 다 같이 먹어도 돼."

내가 먹기 편한 크기로 자른 파운드 케이크와 플로랑탱을 내주자 뤼이와 자쿠로, 플랜 및 요정들이 일제히 먹기 시작했다.

플로랑탱은 약간 단단한 데다 요정들의 체격이 작기에 먹기 불편할 것 같아서 더 잘게 부수어 주니 맛있게 먹기 시작했다.

『달콤하다~! 맛있어~!』

조금 단단한 플로랑탱의 식감과 캐러멜층의 달달한 맛, 약간 씁쓸한 맛이 좋은가 보다.

하지만, 문제도 좀 있었는데———.

『플랜 거가 더 크지 않아?』

『진짜 크네, 혼자만 치사해!』

『더 큰 거 먹고 싶어~!』

『그, 그렇지 않아! 내 것도 마찬가지라고!』

요정들이 먹기 편하게끔 부쉈을 때, 플로랑탱의 크기가 각각 달랐던 모양이다.

그중에서 장난꾸러기 요정 플랜이 제일 큰 조각을 확보했는지, 요정들 사이에서 불평하는 목소리가 나왔다.

"플로랑탱하고 파운드 케이크는 맛만 보는 거니까 더 먹으면 안 돼."

『어~?』

어깨를 늘어뜨린 요정들은 풀 죽은 상황에서도 들고 있던 플로랑탱 조각을 오독오독 아껴가면서 먹고는 미소를 지었다.

혼자 커다란 조각을 확보한 플랜은 우월감에 젖은 듯한 미소를 지으며 먹고 있긴 하지만, 나중에 다른 요정들이 몰려들어서 울상을 짓게 되지 않을까.

그만큼 먹을 것의 원한은 무시무시하니까.

"정말, 부족하면 볶은 씨라도 줄까? 그것만으로도 충분히 간식이 될 테니까."

『응, 좋아~!』

곧바로 기운차게 대답한 요정들을 보고 훈훈해진 나는 남은 선플라워 씨를 프라이팬으로 볶아서 간식을 만들었다.

"후훗, 다들 맛있게 먹어주네요. 차를 내왔어요."

"쿄코 씨, 고마워. 쉬면서 과자 맛 좀 봐."

약간 버릇없는 행동이긴 하지만, 프라이팬으로 씨를 볶으면서 홍차를 마시고 플로랑탱을 집어먹었다.

쿠키 반죽과 씨앗의 식감, 그리고 캐러멜의 달콤하고 씁쓸한 맛이 훌륭해서 나도 모르게 눈을 가늘게 떠버렸다.

그런 내게 쿄코 씨가 말을 걸었다.

"윤 씨. 꽤 초조해하시던데, 기분 전환이 되었나요?"

"아하하, 쿄코 씨에게 걱정을 끼쳤구나. 과자를 만드는 건 기분 전환도 되고 즐거워. 이렇게 결과가 보이니까."

계속 시약에 소재를 투입하고 변화를 찾는 작업에는 끝이 보이지 않았지만, 과자를 만들 때는 이렇게 끝과 결과를 알 수가 있어서 즐겁다.

"자, 선플라워 씨를 다 볶았어. 마음 편히 먹도록 해."

너무 타지 않게끔 볶은 씨의 열기를 식힌 다음, 깊은 접시 같은 그릇에 옮겨서 뤼이와 자쿠로, 그리고 플랜이 데리고 온 요정들 앞에 내밀자 일제히 몰려들어 오독오독 먹기 시작했다.

그 모습을 본 나와 쿄코 씨는 쿡쿡 웃으며 따로 빼둔 볶은 씨앗을 하나씩 입에 넣었다.

"아~, 이 오독오독한 느낌, 중독될 것 같네……, 멈출 수가 없어."

"그러게요. 씨는 볶기만 했는데 맛있고, 플로랑탱도 캐러멜 표면이 그을려서 사탕 형태의 광택이 예뻐요."

쿄코 씨는 그렇게 말하면서 플로랑탱을 아껴가며 먹고 있었다.

그런 쿄코 씨의 말에 문득 내 안에 있던 무언가가 자극을 받았다.

"……볶는다, ……태운다, ……굽는다……."

"윤 씨?"

쿄코 씨가 의아한 듯이 고개를 살짝 갸웃거리는 와중에 나는 혼자 생각에 몰두했다.

소재들 중 대부분은 직접 가열하면 그대로 소멸한다.

예외라면 광석 계열이 녹아서 주괴로 바뀌고, 마죽목은 뱀부 파이퍼라는 섬유 소재를 남기는 정도.

또 목재 계열의 소재를 적절한 온도와 시간으로 태우면 화로의 화력을 일시적으로 강화해주는 숯이 된다. [신비의 흑광유]처럼 거센 연소나 폭발을 일으키는 아이템도 있다.

아무튼, 그래서 생산할 때는 직접 연소시켜서 반응을 이끌어 내는 일은 거의 없는데…….

"소멸할 거라고 생각해서 확인하진 않았는데, 일단은 알아볼까!"

"윤 씨, 뭔가 생각나신 모양이네요."

"쿄코 씨, 고마워! 다시 공방에 틀어박힐게!"

나는 재빠르게 과자를 만들 때 썼던 도구를 정리한 다음, 다시 [아트리엘]에 틀어박혀서 마도로의 불꽃으로 소재를 태우기 시작했다.

"시간이 아깝네. 전부 조사하지 말고 사막 에리어 주변의 소재로 한정해서 해볼까!"

내가 가지고 있는 소재를 전부 조사하는 건 또 사흘은 걸리기에, 짐작되는 아이템만 태우기 시작했다.

아이템들은 대부분 불타서 소멸해버렸지만, 일부 소재는 연소함으로써 다른 아이템으로 변화했다.

"설마, 화석을 태우면 하얀 가루 아이템이 될 줄은 몰랐지……."

그리고 아이템 이름도 미감정 화석에서 [유래를 알 수 없는 태고의 자취]라는 왠지 시적인 이름으로 바뀌었다.

부르기 불편하니까 태운 화석이라고 부르겠지만, 애초에 감정함으로써 무작위로 다른 아이템으로 바뀌는 물건이었기에 그 변화는 조금 놀라웠다.

그 밖에도 뼈 계열 아이템을 뼛가루로 만들어서 태웠더니 골회라는 아이템으로, 해초 계열 아이템인 [시사이드 캐비어]를 태웠더니 [애쉬 솔트]라는 아이템으로 바뀌었다.

골회와 애쉬 솔트의 설명 문구를 보니 양쪽 다 도자기나 유리 세공에도 사용할 수 있는 소재인 것 같았고, 애시 솔트의 설명 문구에는 미이라를 만들 때 건조제로도 사용했다고 적혀 있었다.

"우선 변화한 이 아이템들도 시험해 봐야지."

태우자 변화한 아이템들을 다시 시약에 넣고 반응을 확인했다.

그리고, 결과는―――.

"좋아, 좋았어! 성공이야! 태운 화석하고 애시 솔트에 반응을 보였다고!"

세 종류 중, 태운 화석과 애시 솔트, 두 종류가 [태양신의 낙루]와 [파괴신의 숨결], 그 두 시약에 반응을 보였다.

하지만, 그 두 시약에 태운 화석과 애시 솔트를 넣자 발열이 심했고, [태양신의 낙루]는 가벼운 폭발, [파괴신의 숨결]은 심한 열을 내며 기화해버렸다.

"액체와 섞였을 때 열기를 내뿜는 걸 보니 먼저 물하고 섞어서 열기를 방출시켜야겠네."

다음에는 반응을 보인 두 소재를 각각 증류수에 녹여서 식힌 용액에 다시 두 가지 시약을 넣었다.

시약이 든 시험관 안에서 천천히 변화가 생기기 시작했고, [태양신의 낙루] 쪽은 유백색 액체 층이 생겨났다. 식힌 [파괴신의 숨결] 쪽에서는 하얀 결정이 생겨나기 시작한 다음, 바닥 쪽에 고였다.

"결정화한 건 [파괴신의 숨결] 쪽이구나. [태양신의 낙루] 쪽도 일단은 분리할 수 있긴 하지만, 결정 쪽이 빼내기 쉽겠지."

[태양신의 낙루] 쪽도 식히면 유백색 액체층이 결정화하겠지만, 그 양은 [파괴신의 숨결]로 얻을 수 있는 결정의 양보다 적다.

그렇게 내가 추출한 유백색 결정은 [듀나미스 결정]이라는 아이템이었다.

결정화한 새로운 소재는 불과 충격을 가하더라도 타거나 폭발하지 않는, 매우 안정적인 중간 소재인 것 같았다.

변화를 보이는 소재를 더 찾기 위해 가루 형태로 만든 [듀나미스 결정]에 다양한 소재와 아이템을 섞어보았다.

[듀나미스 결정]을 만들어 작업 진도가 약간 나갔다는 걸 실감하면서도 초조하게 실험하지는 않았다.

시간이 날 때마다 조금씩 조사해 나가며, 중간에 뮈이 일행과 함께 [신비의 흑광유]를 채집하러 사막 에리어로 가거나, 라이나, 알의 액세서리를 제작할 때를 대비해서 [장식사] 센스 레벨을 올리면서 숨을 돌렸다.

그 결과, 1주일 뒤에는 습지 에리어의 무어 블록이 드롭하는 개구리의 위장과 점균 슬라임이 드롭하는 강산성 젤리로 만들 수 있는 대미지 포션에 [듀나미스 결정]을 녹여서 새로운 공격용 포션을 완성했다.

니트로 포션 [소모품]

HP 대미지 [−7500(±500)]

"이게 뭐야……, 위력이 엄청나게 올랐는데……."

포션 이름에 붙어 있는 니트로가 다이너마이트로 유명한 폭약, 니트로글리세린을 연상케 했다.

게임적으로 보면 터무니없는 위력을 지닌 폭약 포션일까.

아직 시험 제작품이기에 제작 과정을 개량하면 위력이 더 강해질 가능성도 있어서 약간 정색했다.

"음……, 만들긴 했는데, ……이거, 일단 실험해볼까."

아이템 스테이터스만으로는 정확한 스펙을 파악할 수 없다.

대미지 포션처럼 꾸준히 지속 대미지를 입히는 타입인지, [태양신의 낙루]처럼 불꽃 대미지를 입히는지, 아니면 [파괴신의 숨결]처럼 단순한 폭발 대미지가 강한 아이템인지.

나는 저번에도 실험했던 개인 필드 한구석에서, 마찬가지로 착화 장치를 이용해 10미터 떨어진 플라스크에 든 니트로 포션에 불을 붙이려 했다.

"거리는 됐고, 준비도 다 됐고……, 그럼, 간다. ——착화!"

저번과 마찬가지로 번개돌을 부순 직후, 귀를 찌르는 듯한 폭음이 울렸다. 바로 옆에서 밀어붙이는 듯한 충격이 내 몸에 가해졌다.

나는 반사적으로 몸을 움츠리며 버텨냈지만, 한동안 무슨 일이 일어난 건지 이해하지 못하고 푸른 하늘을 올려다보며 현실 도피에 빠져버렸다.

정신을 차리자마자 폭심지를 살펴보러 가니 지면의 풀이 뜯겨나간 채 그을려 있었다.

"……이거, 위력이 말도 안 되잖아. 역시 니트로야……."

거리가 10미터나 떨어져 있었는데도 몸에 가해진 충격이 마법사들이 사용하는 상급 마법에 필적했다.

실제로 본 적은 없지만, 다이너마이트를 폭발시키면 이런 느낌이 될까.

각오하고 있으면 버틸 수 있겠지만, 너무 위력이 강해서 자폭할지도 모르기에 쓰기가 힘들다는 문제가 생겨서 고민하게 되었다.

4장 대미지 제한과 무기질 동굴

드넓은 개인 필드 초원에 한쪽 무릎을 꿇고 있던 나는 크기가 적당한 돌을 꺼냈다.

그 돌 위에 니트로 포션을 한 방울 떨어뜨린 다음, 대장간 작업을 할 때 쓰는 망치로 살짝 내리쳤다.

파앙, 가벼운 폭발음이 울렸고, 망치 아래에서 돌이 산산조각 나 있었다.

"엄청난 충격이네. 그래도……."

나는 그렇게 중얼거리며 눈높이로 들어 올린 니트로 포션을 살짝 흔들었다.

"포션 병 안에 있을 때는 폭발하지 않다니, 판타지구나."

불을 붙일 필요도 없이 가벼운 충격만으로도 폭발을 일으키는 니트로 포션은 병에 든 상태로는 대충 다루더라도 폭발을 일으키지 않는다.

불을 붙이거나 포션병이 깨질 정도의 충격을 가하면 니트로 포션이 상급 마법에 필적하는 폭발을 일으킨다.

하지만 그건 어디까지나 짐작이다.

"대미지가 어느 정도 나오는지, 실전에서도 써먹을 수 있는지 시험해 봐야지. 자, 어떻게 알아볼까."

니트로 포션을 실험하기에 적당한 적 MOB과 정확한 대미지를 계산할 방법이 필요하다.

내가 지금 가지고 있는 건 시험 제작품인 니트로 포션 30개밖에 없지만, 소재 자체는 비교적 쉽게 모을 수 있고, 문제는 복잡한 가공 수단이다.

그렇다고 해서 사용감 같은 걸 알아보기 위해 니트로 포션을 낭비하고 싶은 건 아니다.

"으음~. 뮤우네가 가지고 있는 모노리스나 몬스터 도감을 빌릴 수 있다면……."

모노리스는 해적왕의 비보의 일종인 [모노리스 컬큘레이터], 몬스터 도감은 [전사의 추억]이라는 이름을 지닌 도감이다.

모노리스 쪽은 새까만 벽에 공격을 가하면 정확한 대미지를 측정할 수가 있고, 몬스터 도감 쪽은 지금까지 쓰러뜨린 적이 있는 MOB의 정보와 그 환영을 만들어내 싸울 수 있는 기능을 지니고 있다.

그런 것들을 이용하면 필드나 조우 상황 등의 불확정 요소를 없앤 채 아이템의 성능을 조사할 수가 있다.

"뮤우네는 다른 VR 게임을 하고 있고……, 달리 빌릴 만한 사람은 세이 누나 일행이려나."

세이 누나와 미카즈치네 길드 [팔백만]이라면 예전에 [전사의 추억]을 쓰게 해주기도 했고, 아마 모노리스도 있을 것이다.

나는 곧바로 세이 누나에게 연락했다.

"세이 누나, 잠깐 의논할 게 있는데, 괜찮을까?"

『윤? 괜찮아. 뭔데?』

세이 누나와 프렌드 통신을 연결한 나는 새로 만들어낸 니트로 포션의 성능을 검증하기 위해 [팔백만]의 모노리스와 몬스터 도감을 빌리고 싶다고 말했다.

『그렇구나……. 길드의 초대장이 있는 윤이라면 설치해 둔 모노리스 같은 걸 마음대로 쓸 수 있어. 그런데 우리 길드에서 검증해도 괜찮겠니?』

"응? 무슨 문제라도 있어?"

[팔백만]의 시설을 빌릴 수 있다니 다행인데, 세이 누나는 걱정되는 게 있는 모양이었다.

『[팔백만]은 대규모 길드라 보는 사람들도 많잖아? 다른 사람들 눈에 띄지 않는 게 낫지 않을까 해서.』

"아, 그렇구나. 딱히 다른 사람이 알게 되더라도 문제는 없을 것 같은데."

다른 사람이 본다고 해서 니트로 포션의 레시피를 알아낼 수 있는 것도 아니다.

실험을 보고 니트로 포션을 만들어 달라고 하면 곤란할 수도 있으려나. 레시피는 [팔백만] 생산직들이 자력으로 개발해줬으면 좋겠다.

아마 미카즈치도 그러는 걸 원할 것이다.

『알겠어. 그럼 나도 윤의 실험에 흥미가 있으니까 견학해도 될까?』

"문제없어. 오히려 세이 누나가 감상을 말해줬으면 하는데."

『그럼 예전에 윤이 [전사의 추억]을 사용했던 훈련소에서 기다릴게. ……아, 나도 윤에게 부탁이 있는데, 나하고 미카즈치가 쓸 [완전 소생약]이 필요하니까 10개씩 팔아줬으면 해.』

"알겠어. 가지고 갈게."

세이 누나와 프렌드 통신을 마친 나는 세이 누나가 부탁한 [완전 소생약]을 챙겨서 [팔백만] 길드 홈으로 향했다.

[팔백만]의 길드 홈으로 간 나는 입구 근처에 있던 전이 오브젝트를 통해 길드 에리어로 전이한 다음, 훈련소로 향했다.

훈련소에는 길드 멤버 여러 명이 모노리스에 공격을 가하며 대미지를 경쟁하거나, 플레이어들끼리 PVP로 훈련을 하거나, [전사의 추억]으로 불러낸 적 MOB의 환영을 상대로 전투를 벌이고 있었다.

그런 훈련소 구석에 있던 세이 누나와 미카즈치가 나를 보고 말을 걸었다.

"윤, 어서 와. 그리고 미안해. 마침 지금은 모노리스하고 [전사의 추억]을 양쪽 다 쓰고 있거든."

"나는 급한 게 아니니까 괜찮아. 그건 그렇고, 부탁했던 [완전 소생약]을 가지고 왔어."

"이게 [완전 소생약]이구나. 아직 비싸긴 하지만 보험으로 챙겨두고 싶었단 말이지."

미카즈치는 기뻐하는 눈치로 세이 누나와 함께 [완전 소생약]을 10개씩 산 다음, 둘이 합쳐 2000만G를 지불해 주었다.

역시 대규모 길드의 톱인 세이 누나와 미카즈치는 돈이 많구나.

"그래서? 새로운 아이템을 만들었다던데, 이번에는 어떤 아이템이야?"

미카즈치가 흥미롭다는 듯이 물었기에 니트로 포션을 꺼내 두 사람에게 보여주었다.

"이게 니트로 포션이라는 새로운 공격용 포션이야."

"흐음~. 그건 마법약하고 어떻게 다른데?"

"그걸 이제 알아보려는 거지."

미카즈치가 니트로 포션을 빤히 바라보며 물었지만, 나는 애초에 그걸 알아보러 여기에 왔다.

"윤. 모노리스하고 [전사의 추억] 자리가 빈 것 같아서 확보해 두었어."

"세이 누나, 고마워. 그럼, 다녀올게."

나는 니트로 포션을 들고 모노리스 앞에 선 다음, 높게 들어 올렸다.

투척 계열 센스가 없기 때문에 날아간 포션 병에도 강한 기세는 붙지 않았다.

하지만, 생산직으로서 지닌 높은 DEX 덕분에 노린 대로 정확하게 모노리스 한복판에 니트로 포션이 부딪혔다.

포션 병이 깨지며 폭발이 일어났고, 그 폭음을 들은 [팔백만] 훈련소 안에 있던 플레이어들이 하던 것들을 멈추고 이쪽을 돌아보았다.

그리고 모노리스 위쪽에 뜬 대미지 카운트에는———, '7200'이 표시되었다.

그 이후로도 모노리스를 향해 니트로 포션을 몇 번 던져 보니 아이템의 스테이터스 범위 이내의 대미지가 떴다.

"응. 대충 카탈로그 스펙대로라는 느낌이네. 다음은 HP 가 비슷한 MOB에게 써볼까?"

이번에는 [전사의 추억]에서 몇 종류의 MOB을 선택한 다음, 한 마리씩 니트로 포션을 써보았다.

물리 내성이 있는 MOB, 마법 내성이 있는 MOB, 타격 내성이 있는 MOB, 내성이 없는 MOB 등으로 나누어서 실험한 결과, 신기한 현상과 맞닥뜨리게 되었다.

"그렇구나……, 니트로 포션은 타격 계열 물리 공격 아이템이네."

니트로 포션은 EX 스킬인 [마력 부여] 같은 것을 쓰지 않았기에 마법약이 아니었고, 순수한 물리 계열 폭발을 일으키는 아이템이라는 사실을 알게 되었다.

마법약이 속성 대미지와 더불어 다양한 부가 효과를 지니고 있는 것에 비해 니트로 포션은 물리 대미지이기 때문에 마법 내성이 있는 적 MOB에게도 효과적인 공격 아이템이라는 차이가 있긴 하지만———.

"그런데, 이상하네……, 적 MOB에게 쓸 때는 대미지가 떨어졌어."

카탈로그 스펙대로라면 니트로 포션 하나만으로도 쓰러뜨릴 수 있는 적 MOB에게 HP의 1할 정도밖에 대미지를 입히지 못했다.

몇 번 더 시험해 보았지만, 대미지가 깔끔하게 1할로만 들어갔다.

다른 MOB의 환영을 만들어내서 시험해 보니 마찬가지로 어떤 일정 수준까지만 대미지가 들어갔다.

그런 현상을 보고 당황한 내게 세이 누나와 미카즈치가 다가와서 말을 걸었다.

"파괴력이 엄청나네. 강력한 공격 아이템을 만들어낸 모양이구나."

"그래도 아깝네. 아이템의 대미지 제한에 걸렸어."

"아이템의, 대미지 제한? 그게 뭐야?"

내가 돌아보면서 세이 누나와 미카즈치에게 묻자 그 두 사람이 가르쳐 주었다.

"윤. 아이템의 대미지 제한이라는 건, 공격 아이템으로 한 번에 입힐 수 있는 대미지의 한계 같은 거야."

"아가씨도 생각해 봐. 폭탄을 잔뜩 모아서 한꺼번에 폭파시키면 계산상으로는 어떤 보스든 일격에 쓰러뜨릴 수 있게 돼. 그런 걸 방지하기 위해서 MOB마다 설정되어 있는 게 대미지 제한이라고."

아이템은 돈으로 구입하거나 다른 플레이어에게 받을 수도 있다.

그렇게 손에 넣은 공격 아이템으로 자신보다 강한 MOB
을 간단히 쓰러뜨린다면 게임이 성립되지 않게 된다.

그런 상황을 방지하기 위해 적 MOB이 공격 아이템으로
한 번에 받는 대미지엔 제한이 걸려 있는 것이다.

"여러 마리를 쓰러뜨릴 필요가 있는 졸개 MOB 쪽은 대
미지 제한이 느슨하지만, 보스 MOB 같은 것들은 제한이 심
하지."

"일단은 플레이어의 공격에도 대미지 제한이 있긴 하지
만, 센스를 키우는 데 드는 수고도 있으니까 그만큼 아이템
의 제한보다 높게 설정되어 있고."

세이 누나는 [지연] 센스를 통해 발동시킨 마법을 일시적
으로 대기시켜두고 단번에 대량의 마법을 날려 큰 대미지를
입히는 게 특기다.

그렇기 때문에 단시간에 연속으로 공격을 맞추는 연쇄(체
인) 보너스로 인해 도달하는 대미지 제한에 대해서도 잘 알
고 있을 것이다.

"호오, 그렇구나. 그렇다면 니트로 포션은 실제 대미지보
다 약하다는 건가……."

파괴력은 대단하지만, 대미지 제한이 있기 때문에 사실은
보기보다 약했다.

그 사실을 눈치채고 어깨를 늘어뜨린 나를 보고 세이 누
나가 곤란하다는 듯이 미소를 지으며 위로해 주었다.

"윤. 대미지 제한에 걸리긴 하지만, 전혀 써먹지 못하는

아이템은 아니야. 부위 파괴에 효과적이니까."

"그렇지. MOB의 HP에 들어가는 대미지 제한이 있긴 하지만, 외각 같은 부위별 내구도에는 대미지가 제대로 들어가니까."

"부위 파괴? 그게 무슨 뜻이야?"

단어를 어렴풋하게나마 알고 있긴 하지만, 이해가 잘 되지 않았다. 고개를 갸웃거리던 나에게 세이 누나가 다시 설명해 주었다.

부위 파괴란 적 MOB의 특정 부위에 공격을 집중시킴으로써 그 부위를 잘라내서 그 이후의 전투를 유리하게 진행하거나, 그 반대로 부위를 파괴함으로써 적이 더욱 강화되는 현상이다.

예를 들어 부위마다 대미지가 얼마나 들어가는지에 차이가 있고, 대미지가 잘 들어가지 않으면서도 파괴는 가능한 부위에 대미지를 입혔다고 가정하자.

그렇게 하면 대미지가 경감되지만 효과가 없는 것은 아니고, 경감된 부위에 그만큼 대미지가 축적된다.

그리고 일정 이상의 대미지가 축적되면 그 부위가 부서진다.

"아가씨의 니트로 포션은 대미지 제한이 걸릴 정도로 강한 위력을 지닌 폭발을 일으키지. 그렇다면 부위 파괴에 특화된 공격 아이템이라고 생각할 수도 있고."

그렇게 설명을 들은 나는 납득했다.

예전에 지저 에리어의 대형 MOB을 모두 함께 공격해서 [용융석]을 손에 넣은 적이 있는데, 이 포션을 사용하면 더욱 편하게 손에 넣을 수 있을지도 모르겠다.

"그 밖에도 대미지 제한이라는 건 어디까지나 HP에 입히는 대미지를 낮춰줄 뿐이라 오브젝트에 가하는 공격이나 일정 이상의 대미지를 입으면 겁을 먹고 행동을 멈추는 적 MOB 같은 경우에는 효과적이기도 해."

보아하니 오브젝트 파괴나 대미지를 이용한 적의 행동 저해에는 효과적인 모양이다.

대미지 제한이 걸린다 하더라도 초과 분량의 대미지가 따로 계산이 되기에 완전히 낭비인 건 아닌 것 같다.

"부위 파괴가 가능한 MOB들 중에는 부위 파괴 이후에만 드롭하는 레어 아이템도 있는 것 같거든……. 그러니까 전투 방식을 신경 쓰지 않으면 절대로 손에 넣지 못하는 것도 있어."

세이 누나와 미카즈치가 차례차례 내가 예상하지도 못했던 사용 방식을 가르쳐주자 정신이 번쩍 들었다.

역시 대규모 길드의 톱이다.

"그리고 지금, 우리가 생각하는 효과적인 상대가 두 가지 정도 생각나는데."

"니트로 포션이 효과적인 상대……."

계속 맞장구만 치게 된 나는 미카즈치가 하는 말에 귀를 기울이고 있었다.

"그중 하나는 화산 에리어에 있는 [귀인의 별장]. 그곳 뒷문으로 이어지는 에리어, [무기질 동굴]의 적 MOB들이야."

"거기구나. 나하고는 상성이 안 좋단 말이지……."

나는 인상을 살짝 찌푸렸다.

[무기질 동굴]은 벽과 천장에 수정 같은 결정이 돋아난 동굴 에리어이고, 나타나는 적 MOB들도 온몸에 결정을 두르고 있어서 참격이나 찌르기 내성, 마법 내성을 지니고 있으며 아무튼 튼튼하다.

활 계열 센스의 공격 중 대부분은 찌르기 공격으로 분류되기 때문에 나오는 상성이 안 좋고, [무기질 동굴]에서 채굴할 수 있는 [결정 기둥] 같은 소재는 에리어 입구 근처에 있는 채굴 포인트에서도 입수할 수가 있다.

그렇기 때문에 지금까지는 무리해서 안쪽까지 들어가지 않았고, 공략을 방치해 두고 있었다.

"그리고 다른 하나는 솔로 한정 퀘스트, [수행! 궁후 사부]에서 쓰는 것도 괜찮을 것 같은데. 보수는 플레이어라면 반드시 얻었으면 하는 거니까."

"반드시 얻었으면 하는 보수……, 미카즈치가 그렇게 말할 정도면 정말 대단한 보수겠네."

긴장하며 침을 꿀꺽 삼킨 다음, 어떤 보수인지 두 사람의 이야기에 귀를 기울였다.

"그 퀘스트는 NPC인 궁후 사부하고 맞대결을 벌이는데, 전투의 진행 단계에 따라 보수를 받을 수 있거든. 그리고 그 궁후 사부에게는 막기 힘든 폭파 공격 같은 게 효과적이야."

"그렇구나, 그래서 폭발하는 니트로 포션이 효과적이라는 건가?"

내가 묻자 미카즈치가 그렇다며 고개를 끄덕이고는 계속 말했다.

"그 궁후 사부하고 마지막까지 싸우면 보수로 액세서리 장비 용량을 하나 늘려줘."

"……액세서리 장비 용량 증가라니, 시스템 계열 보수야?!"

시스템 계열 보수란 센스 확장 퀘스트 같은 게임의 시스템 관련 부분이 강화되는 보수다.

"모든 플레이어들이 원할 만한 보수긴 하네. 최근에 새로운 액세서리를 만들어서 장비 용량이 조금 걱정되거든."

묵직한 [신조룡의 스타 뱅글]을 장비하고 있기에 나머지 장비 용량이 4밖에 없다.

사막 에리어처럼 중량이 3인 내열 장비 망토와 중량이 2인 차광 고글이 동시에 필요한 환경에서는 액세서리를 상황에 따라 바꿔서 장착해야만 한다.

"그리고 궁후 사부와의 전투 2단계를 넘어서면 받을 수 있는 보수인 강화 소재———, 연마의 오의서]는 윤과 상성이 좋은 [보조 스킬 강화(중)]이라는 추가 효과를 얻을 수 있거든."

[보조 스킬 강화] 추가 효과는 대미지나 상태이상이 발생하지 않는 보조 아츠나 스킬의 효과를 강하게 만들어준다.

예를 들어 인챈트나 커스드 같은 강화나 약체화, 그리고 《스톤 월》같은 방어 마법의 내구도, 《머드 풀》같은 행동 저해, 《키네시스》나 《라이트 웨이트》같은 행동 보조의 지속 시간이 강화된다.

최근에 만든 [신조룡의 스타 뱅글]로 옮긴 [강화 효과 상승(중)]은 자신에게 걸린 스킬이나 아이템의 버프 효과를 강화시켜주는 효과가 있다.

그에 비해 [보조 스킬 강화]는 자신과 다른 사람에게 건 보조 스킬을 강화시킬 수 있고, 자신에게 걸었을 경우에는 [강화 효과 상승] 추가 효과와 중첩되기 때문에 상성이 매우 좋다.

"그래서! 어디로 가면 그 궁후 사부라는 NPC를 만날 수 있는데?!"

장비 용량 증가 보수뿐만이 아니라 다른 보수도 꼭 얻고 싶었기에 다그치는 나. 미카즈치가 유쾌하다는 듯이 씨익 웃었다.

"[무기질 동굴]을 빠져나가면 있는 단층가라는 마을에 있는 도장이야."

"으으~, 결국 [무기질 동굴]을 공략해야만 하는구나. 귀찮네."

한숨을 크게 쉬며 하늘을 올려다본 나를 보고 미카즈치가 크큭 웃었고, 세이 누나도 쿡쿡댔다.

"윤. 우리가 도와줄게."

"뭐, 단층가로 갈 때까지는 도와줄 수 있더라도 퀘스트는 솔로 한정이니까 결국에는 자신의 힘으로 달성해야 하지만."

"……저기, 단층가까지 잘 좀 부탁드립니다."

세이 누나와 미카즈치의 제안을 고맙게 받아들인 나는 두 사람에게 고개를 크게 숙인 다음, 셋이서 단층가로 향했다.

●

[팔백만]의 미니 포탈을 통해 화산 에리어에 있는 [귀인의 별장]으로 전이한 우리는 곧바로 뒷문을 통해 [무기질 동굴] 쪽으로 빠져나가려 했다.

"그러고 보니까, 이곳 보스를 쓰러뜨릴 때도 세이 누나하고 미카즈치와 함께 싸웠지."

나는 그렇게 중얼거리며 [귀인의 별장] 뒷문을 지키고 있는 레드 오우거와 블루 오우거를 곁눈질로 보았다.

왠지 그 귀인 두 마리가 원망스러운 듯이 노려보는 것 같아서 눈을 슬쩍 피했다.

에리어 경계를 가로막고 있는 보스 MOB은 한 번이라도 쓰러뜨리면 비선공으로 바뀌어서 덤비지 않는다는 걸 알고 있긴 하지만, 당장에라도 덤벼들 것 같은 압박감이 생생하게 느껴졌다.

"저번에 보스 순회를 하면서 몇 번이나 두들겨 패줬는데, 원한을 산 건 아니겠지."

"응? 저 오우거들은 항상 저런 느낌이잖아. 그런 건 됐고, 가자고."

미카즈치를 따라 [귀인의 별장] 뒷문을 통과한 다음, [무기질 동굴]로 들어갔다.

[무기질 동굴]의 벽과 천장에는 클러스터 형태의 결정이 빽빽하게 돋아나 있었고, 거기에 희미하게 빛이 깃들어서 동굴 전체를 비추고 있었다.

그런 한편———.

"으윽, 추워!"

"[무기질 동굴]은 한랭 환경이니까. 바로 내한 장비로 교체해두라고."

세이 누나와 미카즈치도 곧바로 내한 장비인 동복으로 갈아입었기에 나도 동복 장비를 꺼낸 다음, 장비 센스도 조정했다.

소지 SP 57
[마궁 Lv42] [하늘의 눈 Lv45] [간파 Lv51] [강력 Lv20]
[준족 Lv42] [마도 Lv47] [대지속성 재능 Lv35] [조약사 Lv43]
[요리인 Lv28] [부가술사 Lv25] [염동 Lv20] [한기 내성 Lv1]

대기
[활 Lv55] [장궁 Lv46] [장식사 Lv16] [연성 Lv20]

[조교사 Lv24] [수영 Lv26] [언어학 Lv29] [등산 Lv21]

[생산직의 소양 Lv42] [잠복 Lv13] [신체내성 Lv5]

[정신내성 Lv15] [급소의 소양 Lv20] [선제의 소양 Lv21]

[낚시 Lv10] [재배 Lv24] [열기 내성 Lv12]

이번에는 폐쇄적인 동굴 안에서 니트로 포션을 쓰게 될 테니 폭발의 여파에 휘말릴지도 모르는 뤼이 같은 사역 MOB들은 두고 왔다.

뤼이 같은 사역 MOB들을 불러내는 [조교사] 대신 [조약사] 센스를 장착한 이유다.

세이 누나와 미카즈치가 가르쳐 주었는데, [투척] 계열 센스에 비하면 약하긴 하지만, [조합] 계열 센스에도 아이템 투척 시 명중 보정과 공격 아이템의 대미지 보정, 그리고 아이템 대미지 제한의 한도를 약간 올려주는 효과가 있는 모양이었다.

"장비 다 변경했으면 가자고."

"나, 나도 알아."

그리고 우리는 미카즈치를 선두에 내세우고 [무기질 동굴]을 나아갔다.

[무기질 동굴]은 화산 에리어 위쪽에서 내려가는 구조이기에 내리막길이 이어진다.

게다가 지면에서 물이 새어 나와 있고, 단단한 지면 위에

깨진 수정이 자갈처럼 흩어져 있으니 미끌거려서 다니기가
힘들었다.

이 에리어는 구조 자체가 수많은 통로로 나뉘어 있고, 그
너머에 이어져 있는 넓은 공간에서 적 MOB이 기다리고 있
다가 싸우게 된다.

구조부터 다니기 힘들고 좁은 곳이기 때문에 이번에는 사
역 MOB을 불러내지 않길 잘했다.

"길이 이렇게 많이 갈라지는 걸 보니 헤맬 것 같네……,
보스가 있는 곳에 도착할 수 있을까?"

"윤, 그건 걱정할 필요 없어. 이 에리어는 경사를 따라 나
아가기만 하면 보스가 있는 곳에 도착할 수가 있거든."

물이 새어 나와 흐르고 있는 발치를 신경 쓰며 나아가자
첫 번째 공간에 도착했다.

"루틸 헤지호그구나."

통로에서 결정으로 뒤덮인 넓은 공간으로 나온 우리가 본
것은 등에 방사 형태로 결정화된 가시가 뻗은 고슴도치 형
태의 MOB이었다.

벽 근처에서 수정 클러스터를 갉아먹고 있던 루틸 헤지호
그가 여러 마리 있었고, 우리를 보고는 위협하며 덤벼들었다.

"자, 이런 곳에서 발목을 잡힐 수는 없으니 얼른 쓰러뜨리
고 가자!"

"알겠어! 《인챈트》───, 어택, 디펜스, 스피드!"

내가 삼중 인챈트를 미카즈치에게 걸자 루틸 헤지호그 무

리와의 전투가 시작되었다.

루틸 헤지호그는 뛰어오던 기세를 기대로 살려서 몸통박치기를 날렸다.

등에 돋아난 뾰족한 수정 끄트머리를 피한 우리는 반격을 가했다.

"하아아앗! ──《육연선타》!"

"──《아이스 랜스》, 《아쿠아 불릿》!"

"가라아! ──《궁기 · 단발 꿰기》!"

피하면서 곧바로 옆에 있던 루틸 헤지호그에게 아츠를 날렸다.

하지만, 루틸 헤지호그는 제자리에서 짧은 다리를 웅크리고 등으로 공격을 받아냈다.

내가 활로 날린 일격은 찌르기 공격이기 때문에 단단한 결정으로 뒤덮인 등에는 대미지가 잘 들어가지 않았다.

하지만 미카즈치의 타격 아츠와 세이 누나의 마법에 연달아 맞은 루틸 헤지호그의 HP는 점점 줄어들었다.

『찌이이이이이이익──!』

하지만, 루틸 헤지호그도 그냥 당하기만 하지는 않았다.

짙어지고 있던 결정체가 빛났고, 가시가 터지듯이 이쪽을 향해 날아들었다.

"으엇! 그것도 날릴 수가 있구나! ──《스톤 월》!"

나는 재빨리 만들어낸 돌벽으로 그 공격을 막았다.

"그리고 화살이 통하지 않는다면──, 《익스플로전》!"

적이 등에서 가시를 날린 직후, 돌벽 그늘에서 뛰쳐나온 나는 토속성 마법을 발동시켰다.

　『찌이이이이이이익———!』

　[하늘의 눈]의 타게팅 능력으로 결정으로 덮이지 않은 얼굴 옆을 폭발시켜서 루틸 헤지호그에게 대미지를 입혔다.

　"아직 멀었어! ———《어스퀘이크》, 《마궁기·환영의 화살》!"

　나는 한쪽 무릎을 꿇고 한쪽 손을 땅바닥에 댄 채 루틸 헤지호그의 발치를 세차게 뒤흔들었다.

　곧바로 지면이 힘차게 솟아올라 루틸 헤지호그를 공중으로 높게 쳐올렸다.

　이어서 강력한 화살 한 발과 거기에 따라붙은 마법의 화살 다섯 발로, HP를 깎아냈다.

　『찌이익…….』

　마지막으로 땅에 떨어져 낙하 대미지로 HP가 0이 된 루틸 헤지호그는 빛의 입자가 되어 사라지기 시작했다.

　"휴우, 좀처럼 쓰지 않던 마법이었는데, 잘됐네. 1대1이라면 지진 않으니까……."

　상성이 조금 안 좋긴 하지만, 자세를 무너뜨리는 등으로 약점을 노릴 수 있는 기회를 만들면 쓰러뜨릴 수 있겠다고 생각하며 주위를 둘러보았다.

　세이 누나와 미카즈치는 이미 싸우고 있던 루틸 헤지호그를 쓰러뜨린 다음, 이쪽 상황을 지켜보고 있었다.

"먼저 쓰러뜨렸으면 도와줘도 되는데."

"윤이 집중해서 싸우고 있는데 방해하면 미안하니까."

"[무기질 동굴]의 MOB하고 제대로 싸울 수 있을지 보고 싶었거든. 보아하니 문제는 없을 것같은데."

미카즈치는 그렇게 말하며 신이 나서 동굴 안쪽으로 들어 갔다.

내리막길이 이어지는 다니기 힘든 통로를 지나 넓은 공간 에서 다른 MOB들과 몇 번 마주쳤다.

사마귀처럼 꺾인 앞다리를 뻗어서 강렬한 펀치를 날리고, 최후의 일격으로 강력한 근접 공격을 가하는———, 옥쇄 갯가재.

가슴 쪽에 노란 수정 구슬 핵이 있고, 뾰족한 두 팔의 거 대 수정을 휘두르며 그 끄트머리에서 전기를 내뿜는———, 크리스탈 골렘.

중간에 [니트로 포션]도 쓰면서 싸워보니 아이템의 대미지 제한으로 대미지는 1할 정도만 입힐 수 있었지만, 몸에 두른 결정체와 껍질을 파괴해서 약점을 드러내는 데 성공했다.

그렇게 방어력이 높은 MOB들을 상대하며 순조롭게 [무 기질 동굴]을 나아갔다.

"윤, 왠지 기뻐 보이네."

"지금까지 와보지 못했던 에리어의 소재를 단숨에 손에 넣었으니까!"

화산 에리어 덕에 아직 추위가 느껴지지 않는 [무기질 동굴]의 입구 근처까진 채굴하러 온 적이 있었지만, 안의 MOB을 쓰러뜨린 적은 없었다.

루틸 헤지호그는 루틸 파우더를 드롭한다.

도금이나 피막 처리를 할 때 사용하며, 무기 표면에 도포하면 화속성 대미지를 경감시켜주는 효과가 있다.

옥쇄 갯가재는 게와 새우의 중간 정도의 탱글탱글한 살을 드롭한다.

식재료 계열 아이템이기 때문에 회나 초밥, 튀김, 파스타 같은 다양한 요리에 쓸 수 있다.

마지막으로 크리스탈 골렘은 일반 드롭 아이템으로 쿼츠나 아메지스트 같은 다양한 수정 계열 보석 아이템을 무작위로 드롭한다. 나는 레어 드롭 아이템으로 핵으로 이용되고 있던 [키트린 방전핵]도 손에 넣었다.

[키트린 방전핵]을 마법사의 지팡이에 사용하면 풍속성 마법의 위력을 향상시켜주는 효과가 있다.

노점에서도 팔고 있긴 하지만, 이렇게 MOB을 쓰러뜨리고 직접 손에 넣게 되자 내 마음도 들떴다.

"너무 들떠 있다가는 단층가에 가기도 전에 실패할 거다."

"괜찮다고! 앗, 채굴 포인트! 잠깐 채굴 좀 하고 올게!"

"앗, 윤, 위험해!"

내가 발치를 조심하며 벽 쪽에 있는 채굴 포인트로 다가가자 뭔가 눈치챈 세이 누나가 그렇게 말했기에 멈춰 섰다.

"어? 으앗?!"

머리 위, 천장에서 뻗어 나온 수정을 눈치챈 나는 급하게 물러나려다가 젖어 있던 발치에 미끄러져서 뒤쪽으로 쓰러졌다.

그 직후, 내가 다가가려던 채굴 포인트 앞에 거대한 수정이 떨어졌다.

"윤, 괜찮니?"

"그, 그래……, 세이 누나, 괜찮아."

나는 멍하니 세이 누나에게 대답을 한 다음, 거대 수정이 떨어진 천장을 올려다보았다.

"자, 일어설 수 있겠어?"

"미카즈치도, 고마워."

미카즈치가 엉덩방아를 찧은 내게 손을 내밀었고, 나는 그 손을 잡고 일어섰다.

"그건 그렇고 천장에서 수정이 떨어지다니, 깜짝 놀랐네……. 어째서 [간파] 센스로 눈치채지 못한 거지?"

함정처럼 숨겨진 것을 발견하는 [간파] 센스를 장비하고 있었는데도 세이 누나가 말을 걸 때까지 눈치채지 못했다.

미카즈치가 그 이유를 가르쳐 주었다.

"이곳 [무기질 동굴]은 화산 위쪽에서 내려오면서 이동했잖아? 그리고 다니기가 불편한 곳이라 시선이 아래쪽으로 쏠릴 수밖에 없거든."

그 결과, 천장 쪽은 소홀하게 되고, 눈치채지 못한 채 수정 낙하 함정에 휘말리게 된다고 한다.

"봐, 약간 위쪽만 봐도 알 수 있지?"

"앗, 정말이네. [간파] 센스에 반응하는 수정이 있어. 그래도 미리 가르쳐줘도 되잖아."

내가 약간 토라지자 세이 누나와 미카즈치가 곤란하다는 듯이 서로 얼굴을 마주 보며 웃었다.

"가르쳐주지 않아서 미안해. 그래도 저 천장의 낙하 수정을 공격하면 낙하를 유발할 수가 있거든."

"그걸 이용해서 아래쪽에 있는 적 MOB에게 대미지를 입히는 에리어 기믹이기도 한데, 다니기 힘든 와중에 그런 것까지 고려하다가는 실패하니까 말하지 않았던 거야."

세이 누나와 미카즈치에게 이야기를 듣고 보니 이런 상황에서 적 MOB을 낙하 수정 아래쪽으로 유도하는 것까지 생각하다가는 미끄러져서 넘어졌을지도 모르겠다.

"……하긴, 그럴지도 모르겠네."

"그런데 윤은 저 채굴 포인트를 파볼 거야?"

배려해준 건 알겠지만 납득하지 못하고 여전히 토라진 표정을 짓고 있다가, 세이 누나가 채굴 포인트에 대해 묻자 조용히 고개를 끄덕였다.

"……파볼 거야. 지하 수정이 방해한다고 해서 채굴 포인트를 파지 않는 건 아까우니까!"

좀 전에 낙하 수정이 방해해서 의욕이 꺾이긴 했지만, 그것도 잊고 정신없이 [결정 기둥]을 채굴했다.

재질이 약한 [결정 기둥]도 공격력이 높은 소모성 무기의 소재가 되거나 액세서리 장식 소재로 써먹을 수가 있다.

그리고 [무기질 동굴]의 입구 근처에서도 쉽게 손에 넣을 수 있기에 보석을 연마하거나 깎을 대 연습 소재로도 적합해서 이번 기회에 많이 얻어두고 싶다.

"[결정 기둥]으로 연습해서 언젠가는 다이아몬드를 예쁘게 깎아내 보고 싶네."

그런 생각을 하면서 채굴하는 내 뒷모습을 세이 누나와 미카즈치가 따스하게 지켜보고 있다는 사실을 눈치채고 약간 쑥스러워졌다는 것은 여담이다.

●

[무기질 동굴]의 길고 좁은 통로를 내려가자 겨우 종착점에 도착했다.

"오, 물이 고여 있네. 그리고 지면이 평평해졌어."

"이 앞이 이 에리어의 보스가 있는 곳이야."

[무기질 동굴] 전체의 지면과 벽에서 스며 나온 물이 내리막길을 타고 이 앞에 있는 공간에 고여 있다.

"이 앞에, 보스가……."

이 앞에 있는 보스를 쓰러뜨리고 단층가로 갈 생각이지만, 신발이 젖을 정도로 많이 고인 물속으로 들어가는 건 싫다.

이렇게 추운 동굴에서 대책도 없이 물속으로 들어가면 속도가 떨어지고 한랭 환경으로 인한 지속 대미지를 입게 될 것이다.

"안으로 들어가기 전에───,《존 라이트 웨이트》!"

나는 물가로 들어가기 전에 모래나 물가 같은 지형 효과를 무효화할 수 있는 경량화 스킬인《라이트 웨이트》를 모두에게 건 다음, 한 발짝 내디뎠다.

이렇게 하면 수면 위에 떠서 평지와 마찬가지로 걸어다닐 수가 있다.

"아가씨는 뭘 해야 하는지 알고 있겠지?"

"그래, 전투가 시작되자마자 니트로 포션을 던지는 거지!"

여기에 올 때까지 여러 번 적 MOB과 싸울 때도 부위 파괴를 함으로써 방어력을 낮추며 편하게 싸울 수 있었다.

"자, 가자!"

미카즈치의 신호와 동시에,《라이트 웨이트》가 걸린 상태인 우리는 얇게 깔린 물 위를 걸어서 보스를 향해 나아갔다.

통로 너머는 돔 형태로 퍼져 있었고 그 안쪽에 거대한 등껍질이 자리 잡고 있었다.

일정한 간격으로 구멍이 뚫린 매끈한 거대 등껍질. 전체가 푸른색과 금색을 띤 아름다운 진주 광택을 보이고 있었다.

우리가 다가가자 등껍질이 올라가고, 그 안에서 연체에 비늘 같은 얇은 결정을 두른 거대한 달팽이 형태의 MOB───, 트리디마이마이트가 이쪽으로 머리의 더듬이를 내밀었다.

"크다?! 아니, 느리잖아!"

미공략 플레이어인 내가 있기에 트리디마이마이트가 선공 상태가 되어 덤벼들었지만, 움직임이 꽤 느렸다.

이미 전투 상태인데도 긴장감도 위기감도 없다.

"저 거대 달팽이는 크고 단단하고 느린 걸로 유명하거든. 그래서 저 보스에게 도전한 플레이어들은 대부분 이기지 못하지만 패배하지도 않고 도망칠 수 있어."

느릿느릿하게 등쪽 껍질을 질질 끄는 거대 달팽이를 보니 패배하진 않을 것 같긴 했다.

오히려 발치에 깔린 물가와 한기 대미지의 조합 쪽이 더 골치 아프지 않을까.

"자~, 얼른 니트로 포션을 던져서 저 껍질을 부수자고!"

"그래, 알겠어! 가라!"

미카즈치가 재촉하자 나는 인벤토리에서 니트로 포션을 꺼내 있는 힘껏 트리디마이마이트에게 던졌다.

[조약사] 센스 보정과 높은 DEX 스테이터스로 던진 니트로 포션은 정확하게 커다란 등껍질 부분에 부딪혀서 대폭발을 일으켰다.

폭발의 풍압이 우리가 있는 곳까지 닿았기에 트리디마이마이트의 HP를 보았지만, 줄어든 양을 보고 낙담했다.

"젠장……, 역시 아이템의 대미지 제한에 걸려서 대미지가 별로 안 들어갔어."

[조약사] 센스로 아이템 대미지 제한이 약간 느슨해졌다고는 해도 약간에 불과해서 HP 중 1퍼센트 정도밖에 깎이

지 않았다. 달팽이는 아무렇지도 않게 느릿느릿 이쪽으로 다가왔다.

"저건 대미지 제한이 아니라 껍질의 방어력 때문에 대미지가 경감되었을 뿐이야! 자, 니트로 포션을 있는 대로 던져! HP와 등껍질의 내구도는 별개라고!"

"나도 알, 아!"

나는 미카즈치가 재촉하는 대로 두 개, 세 개, 니트로 포션을 던져서 껍질에 대미지를 입혀나갔다.

하지만, 보스인 거대 달팽이도 반격을 하지 않는 것은 아니었다.

"반격이 온다! 옆으로 피해!"

"반격이라니———, 으앗?! 뭔가 날아오는데?!"

니트로 포션의 폭염 중심에 있던 거대 달팽이의 실루엣이 꿈틀꿈틀 떨렸다.

내가 [간파] 센스의 반응에 의존해서 옆으로 뛰어서 피하자, 그 직후에 폭염을 가르며 무언가가 내 옆을 스쳐 지나갔다.

굳어진 표정으로 조심조심 돌아보자 뒤쪽 벽에 얇은 결정 같은 비늘이 깊숙이 박혀 있었다.

"……흐에엑?!"

갑작스러운 나머지 한심한 비명을 질러버렸다.

"윤! 공격은 직선이니까 옆으로 움직이면 피할 수 있어!"

"윽?! 세이 누나, 알겠어!"

니트로 포션의 폭염이 가신 트리디마이마이트를 보니 연체를 뒤덮고 있는 얇은 결정을 날려서 공격한 것 같았다.

나는 세이 누나의 지시를 듣고 마음을 다잡은 다음, 옆으로 뛰어서 피했다.

트리디마이마이트는 연체를 뒤덮고 있던 결정의 일부를 날렸다.

근거리에서는 확산되기 전에 결정을 여러 개 맞아서 큰 대미지를 입을 가능성이 있다.

하지만 직선적인 공격은 피하기가 쉽고, 일정 거리 이상 떨어져 있으면 날아온 결정 비늘이 확산되어서 하나만 맞으면 큰 대미지를 입지 않는다.

"마치 샷건 같은 공격이네."

나는 그렇게 중얼거리며 니트로 포션을 계속 던졌다.

내 니트로 포션과 거대 달팽이의 결정 날리기 공격을 피해 미카즈치와 세이 누나도 각자 공격을 가했다.

하지만, 두 사람의 공격은 철벽의 방어에 막혀서 큰 대미지를 입히지 못했고, 니트로 포션의 대미지 덕에 트리디마이마이트의 어그로가 나에게 쏠렸다.

『슈르르르르르륵───.』

"어?! 이번에는, 뭐야?"

내 쪽으로 느릿느릿 돌아선 트리디마이마이트가 연체를 껍질 안으로 다시 집어넣었다.

그리고 껍질의 주둥이로 대량의 물을 뿜어내며 그 반동으로 빠르게 회전하기 시작했다.

"다들 껍질하고 머리 위에서 떨어지는 수정을 조심해!"

"잠깐, 이건 장난이 아니잖아! 으아아앗!"

트리디마이마이트의 껍질이 어그로가 많이 쏠린 나를 노리고 회전하며 고속으로 다가왔다.

내가 옆으로 피하자 고속으로 회전하던 등껍질이 지나쳤고, 벽에 부딪혀서 지면이 세차게 흔들렸다.

《라이트 웨이트》 마법을 걸지 않았다면 발치의 물과 땅울림이 합쳐져서 움직이지도 못했을 것이다.

그런 상황에서 흔들린 동굴의 천장으로부터 수정이 차례차례 떨어졌다.

"잠깐! 이건 좀 위험하잖아!"

몇 번이나 어그로가 많이 끌린 나를 노리고 덤벼드는 등껍질과 천장에서 떨어지는 수정. 몇 번이나 피했지만 떨어져서 부서진 결정 파편이 내 몸을 스쳐서 HP를 약간 깎아냈다.

"슬슬, 좀 끝나라!"

등껍질의 회전 이동이 끝나고 멈출 때, 나는 일곱 번째 니트로 포션을 던졌다.

트리디마이마이트의 거대한 등껍질에 금이 가기 시작했다.

빠직, 빠직. 소리를 내며 커지는 금을 보고 멈춰 섰던 나는 그 붕괴가 정점에 달해서 사방팔방으로 흩어지는 모습에 기뻐했다.

"좋았어, 해냈다! 아니, 끄엑?!"

"아앗, 운?! 괜찮아?"

사방팔방으로 흩어진 파편이 그대로 우리에게 날아들었고, 방심하고 있던 나를 날려버렸다. 나는 발치에 고여 있던 물에 온몸이 잠겼다.

"아가씨⋯⋯, 마지막까지 방심은 금물이라고."

"아야야⋯⋯, 나도 알아."

나는 흠뻑 젖은 동복이 차가워서 인상을 쓰며 불쾌하다는 듯이 미카즈치에게 대답했다.

그리고 나는 등껍질이 터져나간 트리디마이마이트를 보았다.

등껍질이 사라진 거대 달팽이는 민달팽이나 해우처럼 생겼다.

연체를 뒤덮고 있는 결정 비늘은 남아있긴 하지만, 하얀 몸의 색을 화난 듯이 붉게 물들이며 이쪽으로 다가왔다.

"자, 이제 철벽의 방어력은 사라졌어. 지금부터는 팍팍 공격해서 HP를 깎아낸다! 하아아아앗────,《뇌염폭타》!"

"나도 갈게. ────《아이스 랜스》! 일제 소사!"

등껍질을 잃고 거대한 연체 생물이 된 트리디마이마이트에게 두 사람이 과감하게 공격에 나섰다.

좀 전까지 보여주었던 철벽의 방어가 마치 거짓말이었던 것처럼, HP가 빠르게 깎여나갔다.

"나도 가만히 있을 수는 없지! ────《강궁기 · 산 무너뜨리기》!"

나도 인벤토리에서 화살을 꺼내 트리디마이마이트의 연체를 향해 화살을 날리자, 기분이 좋을 정도로 대미지가 잘 들어갔다.

트리디마이마이트 역시 자신을 지켜주던 껍질이 부서진 상황임에도 몸을 뒤덮고 있는 결정 비늘을 날리고 입으로 거센 물줄기를 뿜어내며 맞서 싸웠다.

하지만 결정을 날리는 공격은 등껍질이 부서지기 전과 마찬가지였기에 대처법 또한 마찬가지고, 물줄기를 뿜어내는 공격도 입이 있는 정면 쪽으로 가지 않으면 범위 공격에 휘말리지 않는다.

그리고 전투 중에 여유가 생기자 하고 싶은 것도 생겨났다.

"미카즈치! 지금 있는 곳에서 왼쪽 후방 4미터 정도로 보스를 유도해줄래?"

"뭔가 재미있는 거라도 생각난 모양이로군! 좋아, 유도해주마! 단, 그러기 전에 보스를 쓰러뜨리더라도 원망하지 말라고!"

그렇게 말한 미카즈치가 다시 공격을 가해 어그로를 끌고는 내가 지정한 곳까지 보스를 유도했다.

"간다. ──《강궁기 · 산 무너뜨리기》!"

높은 천장에 수없이 돋아난 거대 수정 중에서 낙하 기믹으로 써먹을 수 있는 수정의 뿌리 쪽에 아츠를 날렸다.

운성강 화살을 매긴 장궁으로 날린 강렬한 아츠는 천장의 거대 수정 뿌리에 꽂혔다.

물론 그것만으로는 거대 수정이 낙하하지 않았다. 미리 예상하고 있던 내가 화살에 담긴 마법을 해방시켰다.

"———[익스플로전]!"

[부가] 센스의 《물질 부가(아이템 인챈트)》로 부여한 토속성 마법 《익스플로전》으로 거대 수정의 뿌리를 폭파시켰다. 수정이 트리디마이마이트 위쪽에서 힘차게 떨어져 내렸다.

『슈르르르르르르륵———.』

거대 수정 아래쪽에 있던 트리디마이마이트는 거기에 짓눌렸고, 그것이 마무리 일격이 되어 빛의 입자로 변해 사라졌다.

"끝났다~! 꽤 간단한 보스였나?"

내가 숨을 돌리며 그렇게 중얼거리자 세이 누나와 미카즈치가 주의를 주었다.

"윤. 그건 약점과 공략법을 알고 있기에 할 수 있는 말이야."

"그 거대 달팽이는 계속 짜증 나는 장기전을 해야 하니까."

이번에는 단기전으로 쓰러뜨릴 수 있었지만, 아직 우리에게 보여주지 않은 행동 패턴도 몇 가지 있었던 모양이다.

그중 한 가지는 등껍질 안에 틀어박혀서 HP의 1할을 회복하는 자기 회복 기술.

등껍질이 있는 상태로 남은 HP가 7할, 5할, 3할 이하로 떨어지면 각각 발동되기 때문에 꽤 짜증이 나는 모양이었다.

다른 한 가지는 머리에 달린 더듬이 두 개를 뻗어서 보라

색 파동을 뿜어내며 플레이어의 아츠나 스킬을 봉인하는 것.

방어력이 높은 보스와 싸우던 와중에 공격 수단인 아츠나 스킬이 봉인되면 대미지를 입히기가 더 힘들어져서 전투를 오래 끌게 된다.

그런 장기전 사이에 발치에 고인 차가운 물과 지형 기믹 때문에 받는 상시 한기 지속 대미지, 속도 저하의 조합이 짜증 난다는 이유였다.

"처음 싸울 때는 등껍질을 파괴할 수 있다는 걸 모르고 대미지가 잘 들어가는 연체를 집중적으로 공격하니까 쓰러뜨리는 게 오히려 힘들어진단 말이지."

그런 면에서 이번에는 등껍질의 부위 파괴를 우선했기에 단기간에 쓰러뜨릴 수 있었던 것이다.

"자, 기대되는 등껍질 파괴 드롭은……, 에휴, 일반 드롭 아이템인 [결정 달팽이의 비늘]이구나."

"나도 마찬가지야. 이번에는 아쉽네."

미카즈치는 부위 파괴로만 손에 넣을 수 있는 드롭 아이템을 기대하고 있었지만 예상과는 달랐기에 한숨을 쉬었고, 세이 누나도 똑같은 것이 드롭되자 쓴웃음을 짓고 있었다.

"그런데 아가씨는 뭐가 나왔어?"

"응? 나는 [결정 달팽이의 혼 스피어]라는 무기야."

유명한 일본 달팽이 민요의 '뿔을 내놓아라, 창을 내놓아라'라는 가사에서 따온 건지 더듬이처럼 두 갈래로 나뉜 그

단창에는 결정 장식이 들어가 있었다.

성능은 딱히 좋지도 않고 나쁘지도 않은 유니크 장비다.

"그건 일반적인 레어 드롭 아이템이구나. 여전히 운이 좋네. 우리가 노리던 [결정 달팽이의 각피판]이라는 아이템은 다른 [마법 방어 상승] 계열 추가 효과를 중급으로 올려주는 강화 소재야."

[마법 방어 상승] 계열 추가 효과는 전위 탱커들에게 인기가 많고, 마법사들이 맞붙는 PVP 같은 곳에서도 수요가 있는 추가 효과인 것 같았다.

"그래서 조금 부럽네."

그렇게 설명해준 미카즈치 뒤에서 세이 누나가 드롭되지 않았다는 게 아쉽다는 듯 중얼거렸다.

"세이도 너무 그렇게 아쉬워하지 마. 다행히 니트로 포션을 가지고 있는 윤 아가씨가 있잖아. 예전처럼 보스 순회를 하면서 소재를 모으면 되는 거 아냐?"

"아니, 미카즈치……, 보스 순회 같은 건 안 할 거라고."

내가 눈을 흘기며 미카즈치의 제안을 거절하자 씁쓸한 표정이 돌아왔다.

실제로 트리디마이마이트의 등껍질을 파괴하느라 니트로 포션을 일곱 개 썼지만, 보스 순회를 할 수 있을 만큼 니트로 포션이 많이 남은 건 아니다.

니트로 포션의 성능 실험과 [무기질 동굴]을 통과하면서 MOB들의 부위 파괴에 대해 검증할 때도 사용했기에 이제 다섯 개밖에 안 남았다.

다시 한번 도전하기에는 니트로 포션이 부족하다.

"에휴, 아쉽군. [팔백만] 생산직들에게 호령을 내려서 니
트로 포션을 만드는 법을 알아내라고 할까. 그런 다음에 길
드 안에서 대량 생산한 다음에 보스 순회를 하고."

정말로 아쉽다는 듯이 한숨을 내쉰 미카즈치.

나도 언젠가 다시 [사막 에리어]에서 [신비의 흑광유]를
보충해야겠다. 그런 생각이 들었다.

하지만 우리 원래 목적은 [무기질 동굴] 너머에 있는 새로
운 마을———, 단층가에 도착하는 것이다.

"뭐, 보스를 쓰러뜨렸으니까 더 들어가서 윤 아가씨가 포
탈을 등록하게 해줘야지."

"여기서 나가면 단층가에 도착하는 거지? 어떤 마을이야?"

"후훗, 그건 직접 볼 때까지 기대하도록 해."

보스와 전투를 벌인 공간을 빠져나간 다음, 셋이서 [무기
질 동굴]의 출구로 향하던 도중에 내가 세이 누나에게 단층
가에 대해 물었지만, 세이 누나는 장난기 어린 미소만 지으
면서 가르쳐주지 않았다.

출구로 다가가자 [무기질 동굴]의 추위가 누그러졌고, 평
소 장비로 되돌려서 다시 나아갔다.

그리고 출구를 빠져나가자 우리가 지나온 [무기질 동굴]
이 있는 화산 기슭과 가파른 절벽을 가로막고 있는 얕은 강
이 펼쳐졌다. 그 강에는 건너편으로 넘어갈 수 있는 다리가

걸려 있었다.

다리가 걸려 있는 건너편에서 층층이 쌓인 절벽 측면과 그 단차에 세워진 중화풍 붉은 건물을 보고 깜짝 놀랐다.

가파른 절벽을 깎아 만든 입체적인 마을의 모습에 그저 압도당할 뿐이었다.

5장 단층가와 유탄 화살

"오오, 대단하네……, 여기가 단층가구나."

나는 다리 위에서 절벽에 지은 건물을 올려다보며 걸어 갔다.

절벽 위에서 떨어진 물이 각 층으로 형성된 마을 안을 지 난 뒤에 다시 절벽에서 떨어져서 폭포가 되어 강으로 흘러 들고 있었다.

가파른 절벽에 있는 마을 곳곳에 꽃과 식물이 심어져 있 어서 단층가의 투박한 인상을 부드럽게 만들어주었다.

"이렇게 암벽에 달라붙은 듯한 마을이 [단층가]고, 마을 안을 올라가서 절벽 위로 가면 새로운 에리어가 펼쳐져 있 다는 모양인데……."

"아직 에리어가 업데이트되지 않아서 위로 올라가는 길을 NPC가 봉쇄해두고 지나가지 못하게 해. 실질적으로 여기 가 끝이지."

"호오~, 그렇구나."

나는 소리 내어 감탄하며 세이 누나와 미카즈치가 한 말 에 맞장구를 쳤다.

단층가의 중화풍 거리를 계속 올려다보았더니 목이 아팠 기에 다시 정면을 보았다.

하지만, 건물뿐만이 아니라 다리를 건너가서 본 마을도

나를 놀랍게 했다.

"설마……, 동물 귀라니……."

"단층가의 주민들 중 대부분은 수인 NPC야. 아니, 아가씨에게도 동물 귀하고 꼬리가 돋아나면서 왜 그렇게 놀라는데."

내가 동물 귀와 꼬리가 달린 NPC를 빤히 바라보고 있자니 미카즈치가 그렇게 태클을 걸었다.

하지만 나 같은 경우는 사역 MOB인 자쿠로의 [빙의]로 인해 동물 귀와 꼬리가 돋아날 뿐, 진짜로 수인이 된 건 아니다.

그리고 수인 NPC들로부터 받은 충격과 감동에서 벗어난 나는 세이 누나와 미카즈치의 안내를 받아 [단층가]의 포탈을 등록하고 숨을 내쉬었다.

"휴우, 새로운 마을을 등록했네."

"고생했어. 이왕 온 김에 솔로 퀘스트를 할 수 있는 곳도 안내해줄 테니까 시험 삼아 해봐."

미카즈치가 그렇게 말하며 안내해주는 건 기뻤지만, 싱글거리는 표정이 약간 수상했다.

세이 누나가 그런 미카즈치를 보고 곤란하다는 듯이 웃으며 나를 도와주었다.

"자자, 이제 단층가에 막 온 참이니까 잠깐 다른 곳에 들러도 괜찮지 않을까?"

"나는 세이 누나의 의견에 찬성이야! 서두를 필요도 없고!"

"세이가 그렇게 말한다면 어슬렁거리면서 가보도록 할까."

나는 그렇게 세이 누나와 미카즈치에게 안내를 받으며 단층가를 걸어갔다.

선명한 색을 쓴 거리 가장자리의 건물과는 달리, 단층의 암벽을 파내고 만든 내부의 건물과 통로, 계단은 지하 도시 같은 느낌으로 펼쳐져 있었다.

단층가 내부의 입구 옆에는 거리가 위아래로 펼쳐져 있는 단층가를 이동하기 위한 편리한 물건도 있었다.

"저기, 세이 누나, 미카즈치. 저거, 엘리베이터 아니야?"

"오, 용케도 알아봤구나. 저건 마을 안에 있는 폭포를 이용한 물레방아식 엘리베이터야."

절벽 위에서 떨어지는 물의 힘을 이용하는 그 엘리베이터는 각 계층에 멈추는 기능이 없기에 타고 내릴 때는 요령이 필요한 모양이었다.

하지만 계단투성이인 단층가를 저것 없이 도보만으로 이동하는 것도 꽤 힘들 것 같다.

"우선, 타고 가면서 각 계층에 뭐가 있는지 간단히 설명해 줄까?"

"알겠어."

나는 세이 누나, 미카즈치와 함께 엘리베이터에 타고 거리의 경치를 바라보았다.

"오, 저 NPC 복장은 멋진데."

"중화풍 분위기가 괜찮지."

문득 내 눈에 들어온 것은 수인 NPC 무리가 광장에서 무도 품새를 연습하는 것처럼 일사불란한 움직임을 보이고 있는 모습이었다.

그 복장이 중화풍 권법복 같았고, 힘찬 움직임이 멋있게 보였다.

그 밖에도 화려한 갑옷을 입고 마을 안을 순찰하고 있는 경비병과 윤기 있고 우아한 비단으로 만든 옷을 걸친 고귀해 보이는 여자, 호객행위를 하는 차이나드레스 차림 소녀 같은 NPC들에게 눈길이 갔다.

"우리가 엘리베이터를 탔던 제1과 제2계층은 NPC의 가게나 시설 같은 게 많아."

"그리고, 다음 계층인 제3계층에는 솔로 퀘스트를 받을 수 있는 도장도 있고, 단층가 안에 만들어진 던전의 입구가 있어."

"호오……, 제3계층 위에도 계층이 있는 것 같던데, 설명하지 않은 걸 보니 아무것도 없는 거야?"

제1부터 제3계층까지 설명을 듣고 나서 그렇게 묻자 미카즈치와 세이 누나가 고개를 끄덕였다.

"아까도 말했듯이 에리어의 끝이니까. 나중에 업데이트할 용도로 공간이 있긴 하지만, 딱히 아무것도 없어."

그래서 다음 계층인 제3계층에 도착하면 엘리베이터에서 뛰어내리게 된다.

그 엘리베이터 정면에 있는 광장에는 절벽 안으로 이어지는 입구가 있었고, 그 앞에는 단층가의 NPC가 아니라 플레이어들이 쉬고 있었다.

"저기가 마을 안 던전의 입구인데, 이번에는 볼일도 없으니까 솔로 퀘스트를 받을 수 있는 도장으로 가자고~."

미카즈치는 던전의 입구를 힐끔 본 다음, 망설임 없이 제3계층의 거리를 성큼성큼 나아갔다.

그리고 잠시 후, 우리는 단층의 암벽을 파내서 만든 도장으로 보이는 곳에 도착했다.

"여기가 솔로 퀘스트를 하는 곳이구나. 좋아, 위치도 기억해 두었으니 돌아갈까!"

위치도 확인했으니 오늘은 돌아가야지, 그렇게 생각하며 돌아섰지만, 미카즈치가 내 어깨를 붙잡고 멈춰세웠다.

"모처럼 여기까지 왔으니까 시험 삼아 도전해 보라고……."

"어~? 지금? 진짜로?"

세이 누나와 미카즈치의 도움을 받고 [무기질 동굴]을 돌파한 직후이기에 솔로 퀘스트에 도전할 만한 의욕이 안 생긴다.

"딱히 마지막까지 궁후 사부와 싸우지 않더라도 제2단계까지만 클리어하면 아가씨가 가지고 싶어하는 [보조 스킬 강화] 강화 소재를 손에 넣을 수 있다고."

"으음……, 알겠어, 한 번만이라면."

미카즈치에게 설득당한 나는 어쩔 수 없이 도장 문으로 들어갔다.

도장으로 들어가 보니 생각했던 것보다 넓었고, 천장이

뻥 뚫려 있었다.

함께 따라온 세이 누나와 미카즈치가 도장의 관객석으로 향하자 도장 안쪽에서 퀘스트 NPC 두 명이 걸어왔다.

"나의 도장에 온 것을 환영하마. 나는 이 도장의 사범을 맡고 있는 궁후라고 한다."

중년으로 보이는 중후한 늑대 수인 남자 NPC가 인사했다.

"보아하니 그대도 꽤 단련한 모양이로군. 나도 더욱 강해지는 것을 추구하며 수행을 해나가고 있는 몸이다. 어떤가? 나와 대결을 벌이며 함께 절차탁마하지 않겠나?"

궁후 사부가 제안하자마자 퀘스트 메뉴가 떴다.

보아하니 10만G를 지불하면 궁후 사부에게 도전하는 퀘스트가 시작되는 것 같았다.

"음……, 네. 잘 부탁드립니다."

내가 그렇게 말하며 메뉴에서 10만G를 지불하자 퀘스트가 시작되었다.

그러자 궁후 사부가 도장의 벽에 기대두었던 무기를 떼어 내 어깨에 기댔다. 폭이 넓고 두꺼운 양날 대검이 합체된 듯한 창———, 검창이다.

무게추 벨트가 여러 겹으로 감겨 있어서 매우 무거울 것 같은데.

사부가 그 검창의 자루 중간 부분을 오른손으로 잡고 가볍게 한 손으로 휘두르는 걸 보고, 내 표정이 굳었다.

"윤, 힘내~."

"어차피 죽으면서 익히는 게임이니까 마음 편히 싸워라~!"

세이 누나와 미카즈치가 응원해주면서 긴장을 풀어주기 위해 말을 걸었다.

하지만, 부웅부웅 회전하는 묵직한 검창 앞에서는 남 일이라 이거지!라며 울상을 짓게 되었다.

그런 나와 궁후 사부 사이에 다른 한 명———, 그의 제자로 보이는 날씬한 수인 NPC가 솔로 퀘스트의 규칙을 설명해 주었다.

"이 도장에서의 시합은 삼세판으로 승부가 납니다. 진검승부 같은 것이기에 개인이 마련할 수 있는 어떤 수단을 동원해도 상관이 없습니다. 먼저 세 판을 따낸 쪽의 승리입니다."

플레이어는 소생약으로 부활할 수 있기에, 소생약으로 끝없이 좀비 어택을 하다 보면 언젠가는 승리하게 된다.

그렇게 밀어붙이는 걸 방지하기 위해 플레이어가 쓰러질 때마다 궁후 사부에게 점수가 들어가고, 세 판을 지면 퀘스트가 강제 종료되는 것 같았다.

"사용할 수 있는 소생약은 실질적으로 2개까지인가⋯⋯."

"그러면 궁후 사부와의 대결을 원하시나요?"

"잠깐만 기다려⋯⋯."

어떤 전투가 될지 모르기에 센스 구성을 바꾸었다.

[무기질 동굴]의 한랭 환경을 버티기 위해 장착했던 [한랭 내성]을 떼어내고, [조교사] 센스를 장비한 다음, 나 자신에게 공격, 방어, 속도 3중 인챈트를 건 뒤에 강화 환약(부스트

태블릿)도 먹었다.

"좋아, 준비 완료! 잘 부탁드립니다!"

"으음. 그럼, 두 분, 지정된 위치에 서시고."

제자 NPC의 지시에 따라 도장 중심에 그려진 개시선 앞에 섰다.

나와 궁후 사부와의 거리는 약 5미터.

궁후 사부의 검창 간격 안으로는 들어가지 않았지만, 서로 약간만 다가서면 치고받을 수 있는 거리다.

그리고 내가 다루는 활과 화살은 원거리 쪽이 유리하기에 시합 시작과 동시에 거리를 벌려야만 한다.

"그럼———, 시합 개시!"

심판을 맡은 제자 NPC가 손을 아래쪽으로 휘두르자마자, 나는 활에 화살을 매기며 백스텝으로 거리를 벌리려 했지만———.

"———하아아아아아앗!"

"윽?! 빨라!"

한걸음에 5미터 거리를 좁히는 도약과 함께 궁후 사부가 검창을 세로로 내리쳤다.

[하늘의 눈]이 궁후 사부의 움직임을 포착해서 느린 움직임처럼 보이지만, 그 움직임을 피할 만큼 몸이 빠르게 움직여주지 않았다.

서서히 다가오는 검창 찌르기 공격을 아슬아슬하게 피했지만, 공격은 그것만으로 끝나지 않았다. 피한 나를 쫓아오는 듯이 찌르기가 날아들었다.

"━━커헉?!"

"아직 멀었다!"

유도 찌르기 공격을 맞은 내 HP는 일격에 6할 정도가 줄어들었다.

(큰일이야! 일격에 이런 대미지라니, 거리를 벌리고 회복!)

찌르기 공격을 맞고 그 자리에서 버티지 않고 공격의 기세를 이용해 뒤쪽으로 물러났다.

하지만, [간파] 센스가 머리 쪽으로 위험한 것이 다가오고 있다는 걸 느끼고는 재빨리 제자리에서 주저앉았다.

마치 엉덩방아를 찧은 것처럼 꼴사납게 피한 직후, 한발 늦게 움직인 궁후 사부의 가로 휘두르기 공격이 머리 위를 스쳐 지나갔다.

"흐에엑?! 위, 위험했네……."

머리 위로 공격이 지나친 뒤에는 서둘러 일어섰다.

한 방의 대미지가 너무 커서, 이제 한 번만 공격을 더 맞으면 쓰러질 것이다.

그런 상황에 전율하는 와중에도 궁후 사부의 공격은 멈추지 않았다.

한 방만 맞아도 아웃인 상태에서 궁후 사부의 움직임을 간파하기 위해 [하늘의 눈]으로 주시하며 필사적으로 계속 피했다. 가로로 베는 공격, 찌르기 공격, 세로로 쳐올리는 공격, 그리고 검창을 거두어들일 때도 일격을 날리려 했다.

겨우 공격을 피하며 거리를 벌릴 수 있었다.

　　그리고 그 거리를 유지한 채, 이쪽을 살피려는 듯한 정지
나, 일정한 거리를 유지한 채 옆걸음, 공격할 때는 힘을 모
으는 동작이 있기에 회피할 타이밍을 잡기가 어려웠고, 공
격을 경계하며 신경이 예민해졌다.

　　"───하아아아아아압!"

　　"으앗! 젠장, 아깝잖아!"

　　억지로 회복하려 하면 공격으로 회복을 방해하고, 포션을
떨어뜨리게 만들었다.

　　어떻게든 상대의 움직임이 멈춘 타이밍을 발견해서 메가
포션으로 회복했지만, 결국 상황은 개선되지 않았다.

　　거리를 유지하며 화살로 공격해도 검창으로 튕겨내거나
좌우로 피해버렸고, 쓰러뜨리기 위해 강력한 스킬과 아츠
를 함부로 쓰려고 하면───.

　　"───《마궁기·환영의……, 아차!"

　　"하아아앗!"

　　아츠를 날리기 위해 멈춰선 순간, 오른쪽에서 날아든 검
창에 베였다.

　　그리고 다시 돌려서 휘두른 검창에 다시 베여서 도장의
땅바닥에 쓰러졌다.

　　"───궁후 사부, 한판!"

　　심판의 목소리가 울린 다음, 나는 [완전 소생약]을 사용하
고 일어섰다.

궁후 사부는 이미 개시선으로 돌아가 있었다.

"……이런, 어떻게 해볼 수가 없네."

완전히 당하기만 한 데다 한 번 죽어서 인챈트 같은 버프 효과도 전부 사라진 상태에서 전투가 다시 시작되어버렸다.

"이렇게 된 이상……."

"───시합 개시!"

"───《소환》! 얘들아, 나와!"

나는 인벤토리에서 뤼이와 자쿠로, 플랜의 소환석과 합성 MOB들을 소환하는 핵석을 모조리 꺼내 불러냈다.

"자, 우리가 나설 차례야!"

예전에 센스 확장 퀘스트에 나타났던 도플갱어와 맞섰을 때, 나는 합성 MOB들의 숫자로 밀어붙여서 쓰러뜨릴 수 있었다.

꼼수 같은 방법이지만 어쩔 수 없다. 공략을 위해 불러낸 합성 MOB들을 보내고 자쿠로를 내게 빙의시켜서 나 자신을 강화했지만…….

"흐하하하하하! 재미있군! 재미있어!"

"우, 웃고 있네……."

나는 해제된 인챈트를 다시 거는 것도 잊고 궁후 사부에게 몰려드는 합성 MOB들을 보고 있었다.

처음에는 숫자로 밀어붙이며 대미지를 입히고 있었다.

하지만───.

"자, 좀 더 힘을 보이거라! ───《대차륜》!"

범위 공격 능력이 뛰어난 검창을 휘두르며 주위를 둘러싸고 있던 합성 MOB들을 한꺼번에 날려버렸다.

"앗, 이런……."

　궁후 사부는 창 계열 아츠를 다루는 모양인지, 합성 MOB들 중 절반 가까이를 한번에 쓰러뜨렸다.

　궁후 사부가 HP가 9할이나 남은 상태로 내 바로 앞까지 다가와 무기를 들어 올리고 있다.

　그 행동을 보고 피하려고 뒤쪽으로 물러선 내 의지와는 달리 빙의된 자쿠로가 [오토 가드]를 발동시켜 꼬리 세 개로 공격을 막아내려 했다.

　그 결과───.

"크윽……, 역시 안 되나."

　방어를 관통한 대미지가 나를 덮쳤고, 뒤로 날아가 버림과 동시에 HP 중 절반을 단숨에 잃어서 [기절] 상태이상이 발생했다.

　그리고 [기절] 상태가 회복되기도 전에 추가타를 맞아 숨이 끊어져 버렸다.

"어어어……, 우리가 나설 차례인데……."

　내가 쓰러지자 소환되어 있던 뤼이와 플랜이 아쉬워하는 목소리를 내며 소환석으로 돌아갔고, 심판을 맡은 제자 NPC가 궁후 사부의 두 판째 승리를 선언했다.

"젠장……, 사역 MOB은 상성이 안 좋은가?"

　한 방을 맞을 때마다 HP가 대폭으로 깎여서 [기절] 상태

이상이 발생할 우려가 있다.

자쿠로를 내게 빙의시키면 꼬리 세 개를 이용한 [오토 가드]로 방어를 하게 되어 버린다.

그리고 합성 MOB 같은 약한 전력을 아무리 많이 모아봤자 궁후 사부가 가볍게 쓸어버려서 당해버린다.

"이건 정말로 1대1 진검승부구나."

오히려 전투 내용 자체는 첫 번째 전투가 더 나았다는 생각을 하며 두 번째 [완전 소생약]을 사용해서 일어났다.

내가 쓰러지자 빙의되어 있던 자쿠로도 해제되어 뤼이, 플랜과 마찬가지로 소환석으로 돌아갔고, 살아남아 있던 합성 MOB들도 핵석으로 돌아간 상태였다.

"자, 어서 선으로 돌아오지 못할까. 아니면 이만 기권하겠나?"

"젠장……, 적어도 한판은 따내 주겠어!"

나는 궁후 사부를 이기기 위한 전략을 짜기 시작했고, 세 번째 전투가 시작되었다.

"우선, 상대방의 움직임을 관찰해서 익혀야지———."

세 번째 전투는 양쪽 모두 거리를 벌린 채 상황을 지켜보았다.

뒤쪽으로만 물러나면 벽으로 몰리기 때문에 궁후 사부가 움직이고 있는 반대방향으로 움직이며 거리를 유지했다.

"왜 그러나! 덤비지 않는다면 내가 먼저 가마!"

그렇게 말하며 첫 번째 전투 때처럼 한걸음에 거리를 좁힌 궁후 사부를 본 나는 앞으로 나섰다.

검창에서 주의해야 할 것은 칼날이다.

그 칼날을 경계하며 뒤쪽으로 물러나면 이어지는 연속 공격을 맞게 된다.

그러니 오히려 궁후 사부의 간격 안으로 파고들어 지근거리에서 화살을 때려넣는다.

"이건, 어때! ━━━《궁기 · 갑옷 뚫기》!"

무기 안쪽으로 파고들어 피한 다음, 궁후 사부에게 방어를 무시하는 강력한 화살을 때려넣자, HP가 7할 정도까지 줄어들었다.

확실한 손맛을 느꼈다. 이런 전투 방식이라면.

기세를 유지하며, 궁후 사부가 검창을 다시 거두기 전에 왼쪽 옆구리로 빠져나가 거리를 벌리려 한 순간. 궁후 사부가 비어 있는 손으로 주먹을 날렸고, 거기에 얻어맞아 쓰러졌다.

"커헉, 이런……."

[간파] 센스가 발동되었다. 곧바로 쓰러진 곳 지면에서 구르자 좀 전까지 있었던 곳을 궁후 사부가 발로 짓밟았다.

"허억, 허억……, 그렇겠지. 무기 말고도 공격할 수가 있겠지."

지금까지는 접근을 하지 않았지만, 지근거리에서는 주먹이나 발을 이용한 체술도 사용하는 것 같았다.

원거리에서 싸우려 해도 도약으로 단숨에 거리를 좁힌다.

"나도 회피만은 어떻게든 할 수 있을 것 같은데. 그렇다면 막지 못하는 공격으로 HP를 야금야금 깎아주지."

나는 인벤토리에서 니트로 포션을 꺼낸 다음, 궁후 사부를 향해 조금씩 거리를 벌리면서 던질 타이밍을 노렸다.

아무리 화살을 쳐낼 수 있다 하더라도 니트로 포션은 약간의 충격만으로도 대폭발을 일으킨다.

쳐내거나 피하더라도 그 폭파 범위 안에 있으면 대미지를 입는다.

그리고 니트로 포션을 던질 절호의 타이밍이 왔다.

"지금이야! 이거라도 먹으라고!"

온 힘을 다해 던진 니트로 포션이 일직선으로 궁후 사부를 향해 날아갔다.

하지만, 조준만 했을 뿐 기세가 붙지 않은 그 투척물을 궁후 사부가 빈손으로 부드럽게 받아냈다.

"자, 돌려주마!"

"어? 잠———."

궁후 사부가 받아낸 다음 다시 던진 니트로 포션이 내 몸에 맞아서 깨져, 대폭발을 일으켰다.

"———궁후 사부님. 한판! 궁후 사부님의 승리!"

지근거리에서 폭발에 휘말리자 내 남은 HP가 0이 되었고, 도장 땅바닥에 쓰러졌다.

"흐하하하하하핫! 꽤 즐거운 시합이었다! 다시 도전하거라!"

시야가 어두워진 와중에 궁후 사부의 목소리가 들렸고, 삼세판 승부의 결판이 났다.

그렇게 궁후 사부와의 첫 번째 시합은 패배로 끝났다.

●

"윤, 고생했어. 저기, 안타깝게 됐구나."

"풀 죽은 모양인데, 누구나 처음에는 그런 법이야. 여러 번 도전하고 죽으면서 익히는 전제로 짠 난이도니까."

퀘스트를 마치고 회복되어 일어난 나를 도장 관객석에서 지켜보고 있던 세이 누나와 미카즈치가 맞이해 주었다.

"으윽, 세이 누나, 미카즈치……, 왜 저렇게 강한 건데! 엄청나게 강하잖아! 저런 걸 솔로로 어떻게 이겨!"

두 번만 공격당해도 쓰러지고, 소생약도 두 번만 쓸 수 있는 NPC를 쓰러뜨려야 하는 솔로 퀘스트의 난이도를 원망했다.

그리고 그런 상황에서 제2, 제3단계로 강화까지 된다.

"나도 몇 번이나 죽으면서 공략했어. 언젠가는 공략할 수 있을 거야."

"괜찮아. 윤이라면 분명히 공략할 수 있을 거야."

두 사람이 그렇게 위로해주었지만, 다시 아무런 대책도 없이 도전했다가 패배한다면 마음이 꺾일 것이다.

"어드바이스! 궁후 사부를 이기기 위한 조언 같은 건 없어?"

내가 애원하는 듯한 눈빛으로 세이 누나와 미카즈치를 보았지만, 둘 다 곤란하다는 듯이 위쪽을 보았다.

"아~, 나하고 윤은 플레이 스타일이 다르니까 참고가 안 될지도 모르겠는데."

"전위인 나와 마법사인 세이와는 다른 타입이니까. 뭐, 궁후 사부의 기본적인 움직임은 가르쳐 줄게."

그리고 곧바로 미카즈치에게 궁후 사부에 대해 배웠다.

"우선 궁후 사부의 움직임은 공방일체의 움직임이라서 그냥 강해."

"공방일체?"

"예를 들어, 이쪽의 공격을 막기 위해 휘두르는 검창으로 대미지를 입히기도 하고."

나는 좀 전에 벌인 전투를 떠올렸다.

내 공격을 방해하기 위해 도약과 동시에 내지른 세로 휘두르기, 합성 MOB들에게 둘러싸였을 때 공격을 맞지 않기 위해 날린 회전 베기, 지근거리에서는 불리하기 때문에 날린 주먹이나 발차기 등.

공격을 가하면서 이쪽의 공격을 막는다는 의미에서는 공방일체인 보스라고도 할 수 있겠다.

"나 같은 경우에는 크게 휘두른 공격을 피하고 측면이나 뒤쪽으로 파고들어서 그 빈틈을 찔러서 대미지를 입혔지."

크게 휘두르는 공격을 한 뒤엔 무기를 거두는 속도가 약간 느리기에 다음 공격까지의 빈틈을 노려서 히트 & 어웨이를 반복했다고 한다.

"기본적으로는 크게 휘두르는 공격을 피한 뒤에 접근해서 한 방 때려 넣고, 곧바로 물러나는 식으로 지구전을 했지. 욕심을 내면서 공격하면 오히려 무기를 거두면서 연속 공격을 날리니까 거기에 당해버리거든."

"호오……, 그런데 그게 전부야? 뭐라고 해야 하나, 엄청나게 기본적인데?"

"윤이 말한 대로 빈틈을 노려서 공격하는 건 전투의 기본이긴 하지. 그래도 그런 걸 높은 수준으로 할 수 있어야 하니까 어려운 거야."

내 감상을 듣고 세이 누나가 그렇게 말하며 궁후 사부가 어려운 이유를 보충 설명해 주었다.

제3단계인 궁후 사부를 쓰러뜨려야 장비 용량 증가 퀘스트 보수를 얻을 수 있고, 2단계, 3단계에서는 행동 패턴이 바뀐다.

검창의 공격을 약간 지연시키거나, 반대로 빠르게 날려서 무기를 맞부딪히는 타이밍을 엇가게 만들거나, 반응 속도가 올라가기도 하는 모양이었다.

"나 같은 경우에는 제1단계에서 궁후 사부가 피한 뒤를 노렸는데, 제2단계부터는 회피 스텝도 늘어나고, 원거리 공격도 날리니까 힘들었어."

마법사인 세이 누나도 내가 싸웠을 때처럼 중급과 상급 마법을 쓰기 전에 빈틈이 생겨 당했다고 한다.

그렇기 때문에 궁후 사부가 막을 수 없는 수속성 마법인 《아쿠아 불릿》을 연달아 날리고 첫 번째 공격을 피하면 그 피한 곳에서 다음 공격이 맞게끔 싸운 것 같았다.

제2단계부터는 궁후 사부의 회피 행동이 세 번 연속까지 늘어나고, 참격을 날려서 원거리에서도 반격하기에 더 까다로워지는 모양이었다.

하지만, 논리적으로 게임을 플레이하는 것을 좋아하는 세이 누나가 보기에는 어떻게 몰아붙여서 이길지를 생각하는 게 즐거웠던 것 같았다.

"공격의 빈틈을 찌르는 타이밍이 중요하고, 움직임을 패턴으로 나누어서 당황하지 않고 대처해 나가는 게 공략법이라고 해야겠지. 제2단계까지는 일정 이상의 SPEED 스테이터스와 플레이어의 반사신경만 있다면 공격에 대처해서 대미지 없이 이길 수 있어."

"대미지 없이? 진짜로?"

나는 미카즈치를 의심스러워하는 눈빛으로 보았지만, 자신만만한 미카즈치를 보니 거짓말은 아닌 것 같았다.

"제2단계까지는 익숙해지는 게 중요하지. 그렇게 돌파한 다음에 궁후 사부가 제3단계에서 무기의 무게추를 떼어내거든. 공격의 위력과 속도가 더 올라가."

"그것보다 더 강해진다고?! 못해! 못해! 절대로 못해! 뭉개져버릴 거라고!"

일격에 HP를 절반 이상 날려버리는 공격을 더욱 빠르고 자주 날린다면 회피하거나 회복할 틈도 없이 HP가 전부 깎여버릴 것이다.

"공략법 중 하나로 피하지 않고 정면으로 무기를 계속 맞부딪히면 궁후 사부의 스태미너가 바닥나서 자세가 크게 무너지며 빈틈을 드러낸다는 것도 있어."

"진짜로……? 내 센스로는 그런 게 불가능하다고……."

"무기를 맞부딪히는 건 어디까지나 방법 중 하나야. 나 같은 경우에는 빙속성 마법인《아이스 랜스》를 무기에 맞춰서 공격을 막을 수도 있었어."

세이 누나 같은 경우에는 궁후 사부의 무기로 막기 힘든 수탄을 물리적인 측면이 있는 빙창 마법으로 전환해서 무기에 맞춤으로써 공격을 저지한 것 같았다.

"뭐, 지금까지 말한 방법들은 나와 세이에게 적합한 방식이지. 아가씨 같은 경우에는 무기를 맞부딪힐 수가 없으니까 막기 힘든 니트로 포션의 폭파를 이용해서 효율 좋게 대미지를 입히는 게 효과적일 거야."

니트로 포션의 효과적인 사용 방식을 눈치챈 미카즈치가 그런 말을 하긴 했었다.

하지만, 실제로 좀 전에 써보니 문제점이 드러나게 되었다.

"궁후 사부는 니트로 포션의 폭파를 막지 못하겠지만, 오히려 받아내고 다시 던지던데."

믿고 있던 니트로 포션도 오히려 맨손으로 받아내고 다시 던져서 그걸 맞고 죽었다.

그때 상황을 지켜보던 세이 누나와 미카즈치는 약간 껄끄러워하는 표정을 지으며 눈을 피했다.

두 사람도 유용할 거라고 생각하고 조언을 해주었는데, 지금 이대로는 통하지 않을 것 같다.

"니트로 포션을 잡아서 다시 던지는 건 예상하지 못했단 말이지……, 그렇다면 뭔가 방법을 마련할 필요가 있을지도 모르겠어."

미카즈치가 팔짱을 끼고 고민하던 와중에 세이 누나가 물어보았다.

"일단 윤의 센스를 보여줄래? 그걸 감안하고 대책을 생각해 보자."

"알겠어, 세이 누나."

나는 궁후 사부와의 시합을 염두에 두고 센스를 조정했다.

소지 SP 57

[장궁 Lv46] [마궁 Lv42] [하늘의 눈 Lv45] [간파 Lv51]

[강력 Lv20] [준족 Lv42] [마도 Lv47] [대지속성 재능 Lv35]

[조약사 Lv43] [잠복 Lv13] [부가술사 Lv25] [염동 Lv20]

대기

[활 Lv55] [장식사 Lv17] [연성 Lv20] [조교사 Lv24]

[요리인 Lv28] [수영 Lv26] [언어학 Lv29] [등산 Lv21]

[생산직의 소양 Lv42] [신체내성 Lv5] [정신내성 Lv15]

[급소의 소양 Lv20] [선제의 소양 Lv21] [낚시 Lv10]

[재배 Lv24] [열기 내성 Lv12] [한기 내성 Lv4]

무기를 전환하는 타이밍이나 정면으로 맞붙어 싸울 만한 ATK가 없기에 [요리사] 센스를 떼어내고 [장궁] 센스를 장비했다.

그리고 [조교사] 센스도 일대다 상황에서도 한꺼번에 상대할 수 있었던 궁후 사부와는 상성이 안 좋을 것 같았기에 떼어내고 [잠복] 센스를 장비했다.

"장비 센스는 이런 느낌인데, 이길 수 있을 것 같아?"

"그럴 수 있지 않을까? 아까도 말했지만, 투척물을 사용할 때 뭔가 방법을 마련할 필요가 있겠지만, 지금 아가씨의 레벨로도 충분히 클리어할 수 있을 거야."

"이제는 횟수가 중요하지. 윤, 힘내……."

"아하하하, 그렇구나."

헛웃음을 지으면서도 우선 지금은 궁후 사부와 다시 싸울 생각이 들지 않았기에 세이 누나, 미카즈치와 헤어진 다음, [아트리엘]로 돌아왔다.

[아트리엘]로 돌아오자 내 인벤토리에 있던 소환석에서 뤼이와 자쿠로, 플랜이 멋대로 나타나서 풀 죽은 분위기를 보였다.

"뀨우~."

"……우리가 아무런 도움도 되지 못했어."

셋 다 내가 불러냈는데도 궁후 사부를 당해내지 못했고, 내가 당해버리자 강제 송환되었다.

풀 죽은 뤼이 일행을 보고 나는 살짝 웃으며 말을 걸었다.

"뭐, 이번에는 상성이 안 좋았으니 어쩔 수 없지."

"그래도……."

나는 계속 말하려던 플랜을 가로막으며 말했다.

"궁후 사부와는 내가 1대1로 싸워야만 하는 것 같아. 그러니까 너희는 내가 제대로 싸울 수 있게끔 도와줬으면 해."

평소에는 내가 보조를 맡지만, 이번에는 뤼이 일행이 내가 싸울 수 있게끔 받쳐주었으면 한다.

"우선, 아이템을 보충해야지! [무기질 동굴]에서 니트로 포션을 썼으니까 사막 에리어에서 [신비의 흑광유]를 회수하고, [기절] 대책으로 [대격의 예방약]도 필요하니까 그쪽 소재를 모으는 걸 도와줬으면 좋겠는데."

"히이잉~!"

내가 뤼이 일행에게 부탁하자 고개를 숙이고 있던 뤼이가 고개를 들고는 신기하게도 울음소리를 크게 냈다.

"뀨우뀨우!"

"내게 맡겨줘! 그런 괴물 영감님은 못 이기지만! 열심히 도울게!"

뤼이와 마찬가지로 자쿠로와 플랜도 의욕을 보였고, 나를 도와줌으로써 간접적으로나마 궁후 사부에게 복수하고 싶다는 마음을 드러냈다.

"자, 조금 쉬고 나서 열심히 소재를 모아보자!"

"히이잉~!"

아무것도 하지 못한 채 강제 송환당한 것이 분했는지 뤼이가 낸 큰 울음소리가 자쿠로와 플랜의 목소리를 묻어버렸지만, 그 둘도 한쪽 손과 앞발을 들고는 의욕을 보이고 있다.

그리고 차와 과자를 먹으며 숨을 돌린 우리는 [아트리엘]의 미니 포탈을 통해 사막 에리어로 이동했다.

"역시 장비 용량이 늘어나면 편리하겠지."

평소에 장착하고 다니는 [대신하는 보옥의 반지], [페어리 링], [사수의 골무]와 더불어 얼마 전에 새로 만든 [신조룡의 스타 뱅글]까지 합치면 액세서리 장비 용량이 6이 된다.

사막 에리어의 대책 장비인 [몽환의 주민]과 [워커 고글]을 장착하려면 장비 중량이 5나 필요하기에 어떤 액세서리를 하나 바꿔 끼워야만 한다.

액세서리 장비 용량이 늘어나면 액세서리를 교환하는 수고도 줄어들 거다. 그렇게 중얼거리며 사막 에리어의 MOB을 전부 무시하고 [신비의 흑광유]를 채집할 수 있는 유전과 운성강 파편의 채굴 포인트를 돌아다녔다.

그렇게 소재를 모아 [아트리엘]에 돌아온 다음, 그날은 이미 늦은 시간이었기에 로그아웃했다.

●

　뤼이 일행이 협력해준 덕분에 [신비의 흑광유]를 모은 다음 날, 그것들을 사용해서 니트로 포션을 보충했다.

　"증류를 여러 번 반복할 시간은 없으니까……, 스킬로 만들까."

　나는 [조합]의 레시피에서 니트로 포션을 선택하고 스킬 조합을 실행했다.

　한번 만든 적이 있는 생산 아이템은 레시피에 등록되고, MP를 소모함으로써 재현할 수가 있다.

　스킬 조합은 주로 난이도가 낮고 대량으로 생산하고 싶을 때 이용한다.

　그때, 조합 센스의 레벨과 DEX 스테이터스 등으로 인해 원래 성능을 재현하지 못하고 실패하거나 품질이 낮아지는 경우가 있다.

　니트로 포션 같은 대미지 아이템은 한 번에 입힐 수 있는 아이템 대미지의 한계가 존재하기 때문에 어느 정도 품질이 떨어지더라도 대량으로 만들었으면 한다.

　"복잡한 순서를 거쳐야 하는 아이템이니까 MP 소모가 크네. 그리고 하나 만드는 데 시간도 오래 걸려."

　니트로 포션을 10개 만드는 데 내 거의 모든 MP가 소모되었고, MP 포트를 마시며 스킬 조합을 이어나갔다.

그리고 일격에 HP가 대폭으로 줄어들면 발생하는 [기절] 대책으로 [마비]와 [기절] 내성 부여 포션인 [대격의 예방약]도 필요할 것이다.

　하지만, 궁후 사부에게 몇 번 도전할지 모르기 때문에 우선 각종 아이템을 수백 개 단위로 마련해 나갔다.

　"그래도 니트로 포션을 그냥 던지기만 해선 분명 피하겠지. 확실하게 맞추려면 어떻게 해야 할까……."

　궁후 사부의 제3단계에 도달하기 위해 니트로 포션을 확실하게 맞출 수단이 필요하다.

　"그리고 전략도 짜고, 그 밖에도 쓸만한 아이템을 찾아두어야지……."

　나는 스킬 조합을 하면서 다른 메뉴로 인벤토리와 [아트리엘]에 보관해둔 아이템 박스에서 궁후 사부에게 효과적일 만한 아이템을 찾아보았다.

　"그러고 보니까, [무기질 동굴]에서 손에 넣은 [결정 기둥]을 가공하면 매직 젬 대신 쓸 수 있지."

　공격 계열 매직 젬은 상대방이 다시 던질 우려가 있지만, 토속성 마법인 《클레이 실드》나 《머드 풀》은 행동 저해 효과가 있다.

　그리고 깔끔하게 연마하면 [대신하는 보옥의 반지]의 보석으로도 쓸 수 있다.

　"애초에 화살하고 니트로 포션을 조합할 수 있다면 그것만으로도 상대방이 다시 던지는 상황을 피할 수 있잖아."

인벤토리를 정리하던 도중에 본 《익스플로젼》을 인챈트한 [운성강 화살]을 보고 그런 생각이 들었다.

《물질 부가》로 인챈트한 화살은 키워드를 외침으로써 인챈트한 스킬을 발동시키는─────, 이른바 리모컨 폭탄이다.

그에 비해 폭발물을 화살과 조합하면 명중과 동시에 폭발하는 폭탄 화살이 된다.

"일단, 마음만 먹으면 폭탄 화살도 만들 수 있긴 한데, 니트로 포션으로도 만들 수 있으려나?"

지금까지도 화약 점토 같은 폭발 계열 아이템과 화살을 조합함으로써 폭탄 화살을 합성할 수는 있었다.

하지만, 불을 붙이기 위해 별도의 불씨가 필요하기 때문에 도화선을 길게 늘어뜨리고 착화와 동시에 날리거나, 불꽃을 두르고 있는 MOB에게 직접 날리는 등으로 사용 방식이 한정적이어서 불편했다.

하지만, 충격만으로도 폭발하는 니트로 포션을 폭탄 화살로 만들 수 있다면…….

"─────[합성] 센스를 시험해 보는 것도 괜찮으려나?"

독약과 합성해서 독화살이 완성된 것처럼 만들 수 있을지 모르겠다고 생각하며 스킬 조합을 통해 대량으로 생산한 니트로 포션으로 실험해 보았다.

"간다! ─────《합성》!"

합성진 위에 화살과 니트로 포션을 올려두고 합성한 결

과——, 실패했다.

하지만, 한 번만에 포기할 수는 없기에 여러 종류의 아이템과 조합하여 합성한 결과, 레시피를 알아냈다.

"화살하고 금속 주괴, 니트로 포션, [번개돌 파편], 이렇게 4종 합성이구나."

완성된 것은 통째로 금속제인 화살 끄트머리에 원뿔형 화살촉이 달린——, 유탄 화살이라는 아이템이었다.

화살촉 끄트머리에는 번개돌이 들어갔고, 원뿔형 내부는 비어 있는지, 거기에 니트로 포션이 담겨 있는 것 같았다.

명중한 충격으로 번개돌이 방전되고, 그 충격으로 인해 화살촉 내부의 니트로 포션이 폭발하는 모양이다.

그때, 니트로 포션을 감싸고 있던 화살촉의 금속이 주위로 흩어지지 않고 빛의 입자가 되어 사라지기 때문에 진짜 유탄과는 의미가 조금 다른 폭발 계열 아이템인 것 같았다.

"진짜 유탄과는 다르지만, 니트로 포션을 사용하는 방법이 수류탄 같았으니까 그걸 합성해서 만든 게 유탄 화살인가?"

아니면 폭탄보다 강할 것 같은 폭발물이라는 뜻으로 유탄이라는 이름을 쓴 건지도 모르겠다.

"일단, 이것도 시험해 볼까."

개인 필드로 이동한 나는 저번에 니트로 포션을 시험했던 곳으로 가서 토속성 마법인 《스톤 월》을 발동시킨 다음, 그것을 표적으로 삼았다.

"——가라!"

활시위를 당기고, 유탄 화살을 날렸다.

일반적인 금속으로 만들어진 그 금속제 화살은 비거리가 길지 않지만, [장비 중량 경감] 특성을 지닌 운성강으로 만든 화살이라면 비거리가 줄어들지 않은 채 날릴 수 있다.

그리고 돌벽에 명중한 것과 동시에 쿠웅, 배까지 울리는 폭음이 울렸고, 돌벽 한가운데에 커다란 구멍이 뚫려서 벽 건너편의 경치가 보였다.

"앗, 이거, 위험한 아이템이 된 거 아닌가?"

화살의 뛰어난 명중률과 투척보다 넓은 사정 범위, 그리고 빠르게 명중하는 특성으로 인해 니트로 포션보다 써먹기가 훨씬 편해졌다.

유일한 단점은 니트로 포션에 비해 약간 폭파 대미지가 떨어진 거겠지만, 애초에 대미지 한계에 걸린 아이템이었기에 딱히 신경 쓰이진 않을 것이다.

그 유탄 화살의 성능 덕에 먼 산을 바라보게 되었다.

"화살 운용 자체가 완전히 바뀌겠네. 그런데 활 계열 센스 대미지 보정이 안 들어간 듯한 느낌이야."

명중 정확도나 사정거리는 활 계열 센스의 영향을 받지만, 유탄 화살이 너무 강해서 그런지, 활 계열 센스의 보정을 받지 않는 것 같았다.

나는 다시 표적으로 삼을 돌벽을 만들어 낸 다음, 이번에는 알아보기 쉬운 아츠를 시험해 보았다.

"간다! ──《궁기 · 단발 꿰기》!"

유탄 화살을 매긴 다음, 활시위를 당겨서 초기에 습득할 수 있는 아츠를 사용했다.

그리고 활에서 날아간 유탄 화살은 새로 만들어낸 돌벽에 꽂혀서 폭발을 일으켰지만———.

"구멍이 똑같이 뚫렸네. 역시 위력만큼은 센스의 보정이 적용되지 않는구나."

두 개 나란히 늘어선 돌벽에 뚫린 구멍을 비교해보고 대미지의 차이가 없을 것 같다며 중얼거렸다.

"단발 위력이 뛰어난 아츠보단 연사 계열 아츠와 조합하는 게 더 나을지도 모르겠네."

내가 사용하는 장궁은 연사성이 낮지만, 단발 위력이 뛰어난 무기이기 때문에《연사궁 · 2식》같은 연사 계열 아츠와 상성이 별로 좋지 않다.

하지만, 센스의 대미지 보정을 받을 수 없는 유탄 화살과 연사 계열 아츠의 상성은 좋을 것 같다.

우려되는 점이 있다면 대미지 한계가 낮은 아이템 공격으로 분류될 경우, 연사로 인한 연쇄 보너스로 대미지가 증가한다 하더라도 금방 대미지 한계에 걸려버릴 거라는 점이다.

"우선 유탄 화살은 완성, 하지만 운성강 재고가 부족하니까 더 모아야겠네……."

유탄 화살의 실험을 마치고 [아트리엘] 공방으로 돌아온 나는 가지고 있던 소재를 차례차례 아이템으로 바꾸어 나갔다.

그리고 어느 정도 아이템이 갖춰지자 그것들을 인벤토리에 넣은 다음, [단층가]로 전이했다.

"다음에는 차분히 단층가를 구경하고 싶네……."

나는 그렇게 중얼거리며 궁후 사부가 있는 도장으로 간다음, 오늘도 10만G를 지불하고 도전했다.

"잘 부탁드립니다."

"으음. 그럼 시합을 해보자꾸나."

검창을 든 궁후 사부와 마주 보고 어제 벌였던 전투를 떠올리며 싸운다.

"우선은 《커스드》———, 어택, 디펜스, 스피드!"

나는 전투가 시작됨과 동시에 사부에게 3중 커스드 약체화를 걸었다.

저번에 도전했을 때는 사용할 여유가 없었지만, 커스드에 대한 내성은 낮은 모양이라 약체화가 통했다.

"왜 그러나! 덤비지 않는다면 내가 먼저 가마!"

"나는 지금 행동 패턴을 보고 있다고!"

그렇게 소리치며 움직임이 둔해진 궁후 사부의 공격을 피하면서 몸으로 익혀나갔다.

나는 [하늘의 눈]으로 느려진 시야 안에서 궁후 사부의 공격을 관찰했다.

어떤 공격 패턴일 때 어떻게 피해야 하는지.

어떤 공격 패턴일 때 가장 무리하지 않고 반격할 수 있는지.

그런 것들을 알아내기 위해 계속 피했지만, 중간에 커스드 효과가 끊겨버렸다.

"━━하아아아아아아앗!"

"이런━━, 크윽!"

공격 모션 중간에 커스드가 끊기자 원래 속도로 돌아왔고, 공격을 피할 타이밍을 놓쳐서 검창의 일격을 맞아버렸다.

나는 검창의 일격을 맞고 멀리 날아갔지만, 추가타를 피하기 위해 자세를 바로잡고 궁후 사부와 거리를 벌리며 생각했다.

"궁후 사부에게 속도 커스드는 걸면 안 되겠네. 커스드가 끊길 때 공격의 속도가 바뀌니까 피하는 타이밍이 엇나가. 그렇다면 처음부터 저 속도에 익숙해지는 게 낫겠어."

속도 커스드를 사용한 것을 반성하며 내가 손가락에 끼고 있던 [대신하는 보옥의 반지]를 힐끔 보았다.

[무기질 동굴]의 결정 기둥을 연마한 뒤 끼워 넣어서 세 번까지 공격을 무효화해 준다.

좀 전에 검창의 일격을 무효화하고 나서 반지에 박힌 보옥에 금이 갔지만, 공격으로 인한 충격까지는 없애주지 못했다. 날아간 뒤에도 방심할 수가 없다.

"정말, 방심하다가는 단숨에 쓰러진다는 긴장감 때문에 너무 힘드네. 《커스드》━━, 어택!"

그렇게 말하며 ATK 스테이터스를 낮추고, 이번에는 이기는 게 아니라 익숙해지려는 목적으로 계속 맞섰다.

몇 번이나 공격을 피하고, 그러던 도중에 실패하자 [대신하는 보옥의 반지]의 보석에 금이 갔고, 깨졌다.

이제부턴 피하지 못하면 대미지를 입게 되고, [기절] 상태 이상에 걸릴 수도 있다. 그 생각에 긴장되기 시작했다.

커스드로 ATK 스테이터스를 낮추기는 했지만, 일격에 HP가 5할 정도까지 줄어든다.

두 번, 운이 좋으면 세 번까지 버틸 수 있는 공격을 연달아 맞지 않게끔 피했다.

공격을 당했을 때는 미리 마셔둔 내성 부여 포션을 믿으며 [기절]당하지 않기만을 신에게 기도했다.

"피하기만 해서는 이길 수 없다! 자, 공격해보거라!"

"지금은 익숙해지는 도중이니까 못해! 그런데, 정말 신경이 예민해지네!"

공격을 당하고 급하게 포션을 사용하면 그 빈틈을 궁후 사부가 노린다.

당황하지 않고 궁후 사부가 움직임을 멈추는 틈을 보일 때까지 계속 버틴다.

그렇게 20분 정도 계속하자 서서히 숨이 찼고, 정신적으로도 피로가 쌓였다.

저번과 마찬가지로 두 판을 내주고 아슬아슬한 상황까지 몰린 데다 궁후 사부에게 한 방도 맞추지 못했지만, 그래도 서서히 제1단계의 공격을 간파할 수 있게 되었다.

그러다, 집중력이 한계에 달하자 회피가 무너져버렸다.

"이런?!"

궁후 사부의 오른쪽 휩쓸기 공격에 당해 HP가 절반 가까이 줄어들었다.

그리고 대처하는 게 늦어서 두 번째 연속 공격을 맞고는 나머지 HP가 1할 아래로 떨어져 버렸다.

"이걸로 마무리다!"

마지막으로 숨통을 끊기 위해 궁후 사부가 세 번째 공격을 날리려 했지만———.

"———《섀도우 다이브》!"

나는 도장의 그림자 안으로 파고들어 궁후 사부의 공격을 피했다.

"허억, 허억……, 위험했네. 그래도 역시《섀도우 다이브》는 긴급 회피 수단으로 좋구나."

그림자 속에서 머리 위에 있는 궁후 사부를 올려다보니 갑자기 사라진 나를 찾으며 주위를 둘러보고 있었다.

절벽을 파내서 만든 도장의 천장은 뻥 뚫려서 햇빛이 스며들고 있다.

그리고 시간의 경과로 인해 해가 기울어서 도장 안에 그림자가 드리웠고, 그곳에《섀도우 다이브》로 숨을 수 있게 된 것이다.

"도장 구석으로 몰리면 도망칠 곳이 없어지지만, 운이 좋게 발치에 그림자가 있으면 이렇게 도망칠 수 있단 말이지."

나는 그림자 속을 이동해서 궁후 사부로부터 거리를 벌린 뒤에 모습을 드러냈다.

"으음! 거기 있었나! 더 즐겁게 해주거라!"

"아하하, 뭐, 이렇게 되겠지!"

《섀도우 다이브》는 긴급 회피 스킬로서는 좋긴 하지만, 스킬을 사용하는 데 몇 가지 제약이 있다.

《섀도우 다이브》를 사용 중일 때는 계속 MP를 소모하고, 다른 스킬이나 아이템을 사용할 수가 없다.

그렇기 때문에 《섀도우 다이브》 중에는 HP와 MP를 회복시킬 수가 없어서 재정비에는 적합하지 않다.

그래서 일찌감치 거리를 벌리며 회복하려고 했지만, 다시 닥쳐드는 궁후 사부의 공격을 피하며 틈을 봐서 메가 포션을 써야만 한다.

그 후 어떻게든 기회를 노려서 메가 포션으로 HP를 9할까지 회복시켰으나 궁후 사부의 도약 베기에 이어진 찌르기 연속 공격을 맞고 쓰러져버렸다.

"아아아아아아악! 이번에도 졌어어어어!"

처음부터 익숙해지기 위한 싸움이라고 생각하긴 했지만, 패배하자 분한 마음이 들었다.

"흐하하하하핫, 꽤 기분 좋은 땀을 흘렸구나. 다시 도전하러 오거라!"

궁후 사부는 그런 내게 기분 좋은 미소를 지으며 말을 걸었다.

아직 제1단계도 돌파하지 못했지만, 공격 패턴 쪽으로는 손맛이 느껴졌다.

궁후 사부를 쓰러뜨릴 때까지는 절대로 포기하지 않겠어,
그렇게 마음속으로 맹세했다.

6장 죽으면서 익히는 게임과 불굴의 돌

내가 궁후 사부에게 도전하기 시작한 지 엿새째———, 36번째 전투.

그날은 이미 몇 번이나 패배한 뒤였고, 오늘은 이번이 마지막이라고 생각하며 도전했다.

"이번에야말로 이긴다!"

"좋은 마음가짐이로구나! 시합을 시작하자!"

오른손으로 활을 들고 궁후 사부와 마주 보고 섰다.

심판을 맡은 제자 NPC가 신호를 보내자 전투가 시작되었지만, 처음에는 둘 다 상황을 지켜본다.

"하아아아아아아앗———!"

먼저 덤빈 것은 궁후 사부였다. 돌격해오며 검창을 크게 내지른 것이다.

나는 검창 찌르기 공격을 궁후 사부의 오른쪽으로 피했고, 곧바로 이어진 옆으로 휘두르는 공격도 그대로 달려가듯이 피한 다음, 궁후 사부의 측면을 이동하며 화살을 쏘았다.

"크윽! 건방진!"

"수십 번이나 반복하니 움직임이 익숙해지네!"

궁후 사부와의 전투에서 초조함은 금물이다.

반드시 공격을 맞출 수 있는 패턴 이외에는 덤벼들지 않는다.

초조해져서 공격을 가하면 오히려 빈틈이 생겨서 단숨에 HP가 깎여나가게 된다.

그리고 다시 거리를 벌린 나와 궁후 사부는 둘 다 옆으로 걸어가면서 상황을 지켜보았다.

나는 곧바로 화살통에서 화살을 여러 개 뽑아들고 손가락 사이에 끼웠다.

"──《존 봄》, 《연사궁·2식》!"

나는 발동이 빠른 마법을 사용해서 궁후 사부가 있는 곳을 폭파시켰다.

존 계열을 조합한 좌표 폭파를 가했는데도 발동되기 전의 그 짧은 시간 동안 궁후 사부가 눈치채고는 뒤쪽으로 피했다.

하지만, 나는 폭파를 피한 궁후 사부를 더욱 몰아세우기 위해 연사 계열 아츠를 날린 상태였다.

궁후 사부는 첫 번째 화살을 검창을 휘둘러서 쳐내고, 두 번째 화살을 옆으로 뛰어 피했다.

연속 회피, 쳐내는 동작. 궁후 사부의 방어 행동 횟수가 바닥나자──.

"이게 진짜배기다──, 가라!"

"끄어어어어억!"

나는 움직임이 멈춘 궁후 사부에게 유탄 화살을 날렸다. 화살이 명중과 동시에 대폭발을 일으켰다.

대미지를 입은 궁후 사부의 신음 소리가 들리며 휘몰아친 연기가 그 모습을 뒤덮었지만, 마음을 놓을 수는 없다.

(전에 유탄 화살을 맞췄을 때, 방심했다가 갑자기 달려들어서 연속 공격을 맞고 당해버렸단 말이지.)

지금까지 셀 수 없을 정도로 많은 실패를 거듭하며 싸워왔다.

궁후 사부의 제1단계에서는 방심할 수가 없다.

"왔다!"

"하아아아아아앗!"

연막을 찢어발기는 듯이 검창을 휘두르며 이쪽으로 뛰어온 궁후 사부가 다시 검창을 비스듬하게 들어올렸다.

나는 그 자세만 보고 다음 공격을 예측하고는 궁후 사부의 연속 베기를 피하며 거리를 벌렸다.

이 패턴일 때는 공격할 기회가 거의 없기에 노리는 걸 포기하고 회피를 우선하며 움직였다.

기회가 올 때까지 궁후 사부의 맹공을 계속 견뎌냈다.

다시 궁후 사부가 크게 휘두르는 예비 동작을 보였을 때, 측면으로 파고들어 스쳐지나가며 화살로 일격을 가했다.

지근거리였기에, 유탄 화살이 아닌 위력이 약한 일반 화살.

일반 화살의 대미지가 궁후 사부의 HP 중 약 1퍼센트, 유탄 화살은 5퍼센트 정도의 대미지를 입힐 수 있다.

물론 아이템 공격으로 분류되는 유탄 화살은 연사를 통해 단시간에 여러 발을 맞추더라도 한 번에 입힐 수 있는 대미지가 최대 HP의 1할 정도.

그렇기 때문에 유탄 화살을 낭비하는 것을 피하기 위해 단발로 쓰고 있다.

그렇게 제1단계가 거의 끝나갈 때쯤에는, 내가 소생약을 한 번만 쓴 상태로 궁후 사부를 몰아붙였다.

"가라!"

빨리 마무리를 짓고 싶어 초조했지만, 무리하게 공격하지 않고 기회를 노리며 전부 다 피한 뒤에 유탄 화살을 선사해 주었다.

"——도전자, 한판!"

궁후 사부의 HP가 0이 되자 제자 NPC가 판정을 내렸고, 나는 잠깐 동안 숨을 골랐다.

"끄응, 이 정도일 줄이야! 허나, 아직 젊은이에게 질 수는 없지! 흐읍!"

유탄 화살을 맞고 땅바닥에 한쪽 무릎을 꿇고 있던 궁후 사부가 일어서서 천천히 자신의 권법복 윗도리를 찢어버리고는 상반신 알몸 상태가 되었다.

또렷하게 드러난 근육과 균형이 잡힌 그 육체는 노인답지 않게 젊고 활기가 넘쳤다.

처음에 봤을 때는 그 육체미에 놀라서 멍하니 있다가 제2단계가 시작되자마자 흠씬 두들겨 맞아버렸다.

하지만, 나는 이미 몇 번이나 본 궁후 사부의 옷을 찢어버리는 연출을 아무렇지도 않게 바라보며 제2단계를 위해 [대신하는 보옥의 반지]의 빈 받침대에 연마한 결정을 끼워 넣었다.

"제1단계는 전초전에 불과하다. 지금부터가 진짜———."

나와 궁후 사부가 개시선이 있는 곳에 서자 시합이 다시 시작되었다.

"———시합, 재개!"

"치에에에에에에에에엣———!"

"윽?!"

기괴한 목소리를 내며 들어 올린 검창을 곧바로 힘차게 휘두른 궁후 사부.

양쪽 개시선 거리까지는 공격이 닿지 않지만, 검은 불꽃을 두른 검창 끄트머리에서 참격이 날아왔다.

그것을 옆으로 뛰어 피하자 뒤쪽 도장의 벽에 참격이 닿고 사라졌다.

하지만 이게 끝이 아니다. 나를 향해 궁후 사부가 검창을 휘두를 때마다 참격이 날아왔다.

"아무튼, 나머지도 피해야지!"

전력질주로 도장을 뛰어가자 나를 쫓아오듯 뒤쪽으로 참격이 지나갔다.

식은땀을 흘리다가, 최대 공격 횟수 4번이 끝나자 궁후 사부의 측면으로 파고들어 화살을 날렸다.

"끄윽! 하아아아아앗!"

"크윽———!"

측면에 화살을 맞은 궁후 사부가 있는 힘껏 검창을 휘둘러 나를 떨쳐내려 했다.

나도 그 공격을 예측하고 크게 뒤로 뛰어서 물러났다.

하지만, 제2단계부터 궁후 사부의 검창에 까만 불꽃이 깃들어서 창끝의 공격 판정이 15센티미터 정도 길어졌다.

제1단계에서 아슬아슬하게 피하는 것에 익숙해진 탓에 완전히 피하지 못하고 베였다.

"젠장, 주고받았나."

일격을 먹이고 반격을 맞은 뒤에 그렇게 중얼거렸다.

제2단계부터 장착한 [대신하는 보옥의 반지]를 한 번 쓸 데없이 낭비해버린 것이 후회된다. 나는 다시 달려드는 궁후 사부의 공격을 피해나갔다.

그 뒤에도 결국 아직 완전하게 익숙해지지 않은 창끝의 판정 연장 탓에 [대신하는 보옥의 반지]를 전부 써버렸다. 공격의 연타를 견뎌낸 나는 거리를 벌린 채 상황을 지켜보게 되었다.

"───《존 봄》, 《연사궁·2식》!"

제1단계에서도 그랬듯이 먼저 공격을 가해 회피를 유도한다.

좌표 폭파를 피해 뒤로 뛰어 물러나는 궁후 사부. 그걸 노리며 손가락에 끼워둔 화살을 차례차례 날린다.

제2단계부터 연속 회피나 요격할 수 있는 횟수가 한 번 늘어난다.

하지만 행동 자체는 마찬가지고, 마지막에는 유탄 화살을

날려서 폭발에 휘말린 궁후 사부의 모습이 연기에 가려져
버렸다.

"역시 예비 동작을 볼 수 없다는 게 힘드네!"

약간의 변화도 놓치지 않게끔 [하늘의 눈]을 온 힘을 다해
사용하다가 연기가 휘몰아치는 것을 본 나는 그곳에서 옆으
로 뛰어서 피했다.

그 직후에 연기 안에서 참격이 날아왔고, 그 뒤를 이어 궁
후 사부가 연기에서 튀어나오며 내게 덤벼들었다.

"정말, 진검승부는 질색이라고!"

그래도 예비 동작이 보이지 않는 와중에 뛰어드는 궁후
사부를 피하는 데 성공했다.

꼼수로만 공격하는 나는 정말로 질색하며 궁후 사부의 빈
틈을 노려 대미지를 입혀나갔다.

궁후 사부는 접근해서 검창을 계속 휘두르다가도, 갑자기
뒤쪽으로 물러나서 그 자리에 흑염의 참격을 남겼기에 함부
로 추격할 수가 없었다.

그런가 싶으면 거리를 슬금슬금 재면서 참격을 날려 견제
를 가하기까지. 함부로 회피를 유도하기 위해 화살을 날리
지 못하고 몇 번이나 공격을 방해당했다.

"───쉬익, 하앗, 타앗!"

"이런, 깔아두기 참격이 온다!"

가끔은 이쪽의 회피 방향을 예측하고 미리 깔아두듯이 날
리는 참격도 있었다.

반사 신경을 시험하는 그 깔아두기 참격은 [하늘의 눈] 센스의 능력으로 순간적으로 시야가 느려지면 억지로 자세를 잡아서 피할 수 있긴 하다.

하지만, 그 뒤로 이어지는 참격까지 무너진 자세로 계속 피하기는 힘들다.

"———윽?! 커헉……."

깔아두기 참격을 피한 직후에 날아든 참격을 맞고 HP가 줄어들었다.

(이런, 움직임이 둔해졌어?!)

충격으로 비틀거리며 멈춰서자 궁후 사부가 뛰어들며 검창으로 찌르기를 날렸다. 내 몸이 도장 벽 쪽으로 밀려났다.

"———윽?!"

움직임이 더욱 둔해지고, HP도 1할만 남았다.

벽 쪽으로 몰려서 빈사 상태가 된 내게 궁후 사부가 검창을 내리쳐서 뭉개려 했다.

"당할까, 보냐! ———《섀도우 다이브》!"

한 방이라도 더 맞는다면 HP가 0이 되어버릴 위기에 처하자 도장 가장자리의 그림자로 도망쳐서 궁후 사부의 공격을 피했다.

그리고 궁후 사부로부터 멀리 떨어진 위치의 그림자에서 뛰쳐나온 나는 거리를 벌리며 메가 포션을 마셔서 HP를 회복시켰다.

"답례를 해주지! 날아가 버려! ———[클레이 실드], [

봄]!"

나는 벽 쪽 그림자에 뛰어들기 직전에 인벤토리에서 뿌려둔 매직 젬을 일제히 기동시켰다.

궁후 사부도 그것을 눈치채고 검창 자루를 휘둘러서 지면에 뿌려둔 매직 젬을 멀리 쳐내려 했지만, 너무 많아서 전부 대처하지는 못했다.

도장 안에 솟구친 토벽이 궁후 사부를 둘러쌌고, 다중 폭파가 도장 한구석에 일어났다.

그 다중 폭파 안에 있는 궁후 사부를 경계하며 메가 포션을 하나 더 먹고 HP를 전부 회복시켰다.

"흐하하하핫! 아직 싸울 수 있는 게냐! 좋다! 좀 더!"

"으엑……, 멀쩡하네."

솟구친 토벽과 피어오른 폭연을 검창으로 떨쳐내고는 궁후 사부가 천천히 걸어서 나타났다.

다중 폭파로 인해 HP에 대미지를 입긴 했지만, 그럼에도 불구하고 아직 절반 이상 남았다.

"자, 내가 좀 더 진심으로 싸우게 해다오!"

궁후 사부의 공격을 피하고 빈틈을 노려서 공격하는 싸움이 다시 시작되었다.

중간에 다시 깔아두기 참격을 맞고 이번에는 쓰러져서 두 번째 소생약을 쓰게 되었지만, 그와 동시에 동귀어진하는 형태로 유탄 화살을 때려 넣어서 궁후 사부의 HP를 깎아냈다.

그리고, 드디어————.

"————도전자, 한판!"

"좋았어어어어어어어! 이제야 제2단계를 돌파했다!"

나도 모르게 환호성을 질러버렸다.

궁후 사부와의 대전 퀘스트에서는 쓰러뜨린 단계에 따라 받을 수 있는 퀘스트 보수가 늘어난다.

제2단계인 궁후 사부를 쓰러뜨림으로써 내가 가지고 싶었던 강화 소재, [연마의 오의서]를 손에 넣을 수 있게 된 것이다.

"흐하하하하하핫! 재미있구나! 나를 이렇게까지 즐겁게 만들어준 자는 오랜만이다! 나도 경의를 표하며 온 힘을 다 하마."

제3단계의 연출로 궁후 사부가 자신의 검창에 감아두었던 무게추를 풀면서 도장의 땅바닥에 떨어뜨리기 시작했다.

쿠웅, 묵직한 금속음. 나는 침을 꿀꺽 삼키며 더욱 긴장하게 되었다.

HP는 가득 차 있으니 공격이 강화되었다 해도 한 방까지는 견뎌낼 수 있을 것이다.

어떤 공격이 오더라도 반드시 피한다. 그런 의지를 품으며 집중력을 끌어올리고 개시선 앞에 서서 궁후 사부와 마주 보았다.

"————시합, 재개!"

양쪽 다 두 번씩 진 상태로 시작되는 시합이기에 물러설

곳이 없다.

나는 지금까지 전략대로 처음에는 상황을 보며 익숙해질 생각이었지만———.

"하아아아아아아아앗!"

궁후 사부가 힘을 모으며 검은 불꽃을 몸에서 뿜어냈고, 그것이 검창에 모여들었다.

"윽?! 왠지 위험할 것 같아! 일단, 거리를……."

나는 궁후 사부의 움직임과 공격의 전체적인 모습을 파악하기 위해 거리를 벌렸다.

하지만, 궁후 사부는 신기하게도 힘을 오랫동안 모은 다음, 위쪽으로 뛰어올라 체공하며 어깨에 걸친 검창을 내리쳤다.

"———울부짖어라! 왕랑!"

검창에 모여든 검은 불꽃이 늑대 형태를 띠고는, 공중에서 꿈틀대며 달려들었다.

"자, 잠깐만?! 그건, 어디로 피하면 되는 건데!"

궁후 사부가 내려친 검창에서 뿜어져 나온 검은 불꽃의 늑대는 불규칙적으로 뛰어오르며 나를 쫓아왔다.

나는 상공에서 날아드는 검은 불꽃의 늑대로부터 도망치기 위해 도장 안쪽을 돌기 시작했다.

움직임이 불규칙해서 회피할 타이밍도 장소도 예측할 수가 없었고, 검은 불꽃의 어두운 빛이 도장의 발치에 있던 그림자마저 없애버렸다.

《섀도우 다이브》로 긴급 회피하지도 못한 나는 입을 크게 벌린 채 날아든 검은 불꽃의 늑대에게 삼켜졌다.

가득 차 있었던 HP가 단숨에 줄어들어 0이 된 순간, 시합이 끝났다.

"흐하하하하핫, 오랜만에 피가 솟구치고 살이 떨리는 싸움이었다! 그대의 무용에 감사를 표하며 내 도장의 오의서를 주마! 더욱 무예를 단련하기를 기대하마!"

검은 불꽃의 늑대에게 삼켜지는 나는 시합이 끝나자 완전히 회복되었지만, 몸에서 검은 연기가 모락모락 피어오르고 있었다.

심판을 맡은 제자 NPC로부터 퀘스트 보수를 받고, 가지고 싶었던 [연마의 오의서]를 손에 넣었다.

하지만 마지막에 피하기도 힘들고 부조리한 즉사기에 당한 나는 전혀 기쁘지 않았다. 나는 그저 답답한 마음만 떠안은 채 [아트리엘]로 돌아갔다.

●

오늘도 궁후 사부에게 패배한 나는 [아트리엘]로 돌아와 가게 카운터 안쪽 의자에 힘없이 앉았다.

"스읍~, 에휴우우……, 또~, 져~, 버~, 렸~, 어~!"

숨을 크게 들이마시고 내쉬며 하소연을 했다.

그런 나를 위로해주려는 듯이 뤼이와 자쿠로가 몸을 비벼

댔고, 쿄코 씨와 장난꾸러기 요정 플랜이 차와 과자를 내주었다.

퀘스트 [수행! 궁후 사부]는 10만G를 지불하고 도전할 수 있고, 패배하더라도 데스 페널티를 받지 않기 때문에 곧바로 다시 도전할 수 있다.

몇 번이나 궁후 사부와 싸워 그 움직임을 익혀서 반응할 수 있게 되고———.

어떤 타이밍에 대미지를 입힐 수 있는지 뛰어다니며 빈틈을 찾고———.

회피에 여유가 생기면 가지고 있는 스킬이나 아이템을 이것저것 시험해 보다가 실패하고———.

괜찮아 보이는 방법만 다듬어서 다시 실력을 쌓고. 그렇게 칠전팔기 같은 상태다.

그렇게 반복하며 오늘, 드디어 궁후 사부의 제2단계를 돌파했지만———.

"대체 뭐냐고, 그 마지막 일격~! 그런 건 반칙이잖아~!"

마지막에 늑대 형태의 검은 불꽃으로 인해 가득 차 있던 HP가 일격에 전부 깎였다. 그 부조리함 때문에 하소연을 했다.

궁후 사부에게 연달아 패배해서 정신적으로 만신창이가 된 나는 [아트리엘]의 카운터에 엎드린 채 다리를 버둥거렸다.

그때 [아트리엘]의 문이 열리는 소리가 들렸다. 힐끔 보니 타쿠가 들어왔다.

"[완전 소생약]을 사러 왔는데……, 아니, 윤. 무슨 일 있었어?"

[스텔라 기어]에서 OSO로 돌아온 타쿠가 축 처진 채 엎드려 있던 내 얼굴을 들여다보고는 그렇게 물었다.

"타쿠, 내 말 좀 들어봐~, 궁후 사부에게 졌어~."

"아~, 대충 짐작 가네. 그래도 일단 들어볼게."

나는 카운터석에 앉은 타쿠에게 궁후 사부와 벌인 전투에 대해 호들갑스럽게 불평했다.

궁후 사부의 제2단계 전투까지의 상황을 말해주고, 그것을 넘어선 제3단계에서 시작하자마자 필살기를 맞고 즉사해서 패배했다.

내가 가지고 싶었던 강화 소재인 [연마의 오의서]를 손에 넣긴 했지만, 제3단계에서 맞은 필살기의 충격 때문에 그냥 기뻐하기만 할 수가 없다.

그리고 지금까지 도전한 것으로 인해 제1단계를 돌파할 때마다 보수로 받을 수 있는———, [도장 권법복]이라는 천제 방어구만 쓸데없이 늘어났다.

그런 내 불평을 한참 들어준 타쿠가 한 마디———.

"뭐, 그 공격은 내가 맞아도 그냥 죽는 기술이니까. 그리고 궁후 사부의 솔로 퀘스트는 실패하면서 여러 번 도전하는 퀘스트고……."

"죽으면서 익히는 상대라는 건 나도 알아! 나도 안다고! 그래도, 정신적으로 꽤 충격이 크단 말이야!"

연달아 너무 많이 패배해서 허무해진 데다, 마지막에는 일격에 HP를 전부 날려버리는 부조리한 필살 기술까지 맞고 나니 OSO 자체가 싫증날 것 같았다.

그런 내게 타쿠가 배려해주는 듯이 말을 걸었다.

"그럼 일단 멈출래? 이야기를 들어보니 목표였던 강화 소재는 손에 넣은 것 같고, 무리해서 장비 용량 증가 보수를 노릴 필요는 없잖아?"

좀 더 강해지고 나서 다시 도전하면 되는 거 아니야? 그렇게 제안한 타쿠를 보고 나는 토라진 듯한 표정으로 중얼거렸다.

"왠지 지기만 한 것 같아서 싫어. 이길 때까지 무조건 도전할 거야."

"아하하하, 그게 무슨 소리야."

내가 어린애처럼 고집을 부리자 타쿠가 소리 내어 웃었다.

그리고 한참 웃고 난 타쿠가 이번에는 씨익 웃으며 지적했다.

"목표가 높은 건 알겠는데, 들어보니 지금 같은 페이스로 진행하면 클리어할 때까지 한 달은 넘게 걸릴 것 같거든."

"윽……."

타쿠에게 지적당한 나는 무심코 목소리를 내버렸다.

그런 내 반응을 보고 웃음을 억누르던 타쿠가 어떤 제안을 했다.

"윤, 네가 궁후 사부를 얼른 이길 수 있게끔 도와줄까?"

"진짜로?! 설마 레벨링을 한답시고 어려운 에리어에 데리고 갈 셈인 건 아니겠지?"

타쿠의 제안이 한순간 기뻤지만, 금방 타쿠 같은 게이머들 특유의 하이 스피드 레벨링이 기다리고 있는 게 아닐까, 라고 경계하며 눈을 흘겼다.

"본격적으로 도와주진 않을 거야. 나나 간츠 같은 사람들이 궁후 사부에게 도전했을 때 남긴 동영상이 있으니까 그걸 보면서 궁후 사부의 움직임에 대해 설명해주고 대처 방법을 가르쳐줄게. 그리고 윤이 맞았던 검은 불꽃 늑대의 필살기를 막아내는 간단한 방어 아이템도 가르쳐주고."

완벽한 도움은 아니지만, 실제로 궁후 사부의 제3단계 움직임을 알 수 있다는 건 기쁘다.

"그럼……, 잘 부탁드립니다."

"그래! 내 옆으로 와. 설명할 때 마주 보고 있으면 보기 힘드니까."

타쿠가 메뉴를 눈에 보이게끔 만들고 예전에 촬영했던 동영상을 재생하기 시작했다.

나는 타쿠 옆에 나란히 앉아 궁후 사부의 움직임에 대한 설명을 들었다.

동영상 자체는 3인칭 시점의 촬영 모드로 찍은 건지 매우 알아보기가 편했고, 객관적으로 궁후 사부의 움직임을 볼 수가 있었기에 참고가 되었다.

"호오, 이 모션일 때는 그 타이밍에 반격할 수가 있구나."

"어때? 참고가 되었어?"

"그래, 정말 도움이 된 것 같아."

지금까지는 특정 모션일 때 생기는 빈틈만 노렸지만, 그 밖에도 노리기 쉬운 빈틈에 대해 알게 되었다.

공격할 기회가 늘어나서 빠르게 쓰러뜨릴 수 있게 되면 그만큼 궁후 사부에게 공격당할 우려도 줄어든다.

그렇게 되면 지금까지 거쳐왔던 제1단계, 제2단계 돌파가 편해질지도 모르겠다.

하지만————.

"동영상을 보니 이미지는 파악이 됐는데, 실제로 그 타이밍을 노릴 수 있을까?"

"그건 실제로 싸워보고 이미지와의 차이를 수정해 나갈 수밖에 없지. 그리고, 제3단계의 움직임 말인데……."

"으앗, 엄청나게 빨리 공격하네."

제3단계에서는 시작하자마자 검은 불꽃의 늑대에게 당해 버렸기에 움직임을 거의 모르지만, 제2단계에 비해 검창의 속도가 빨라졌다.

"장난이 아니네. 회피하고 나서 공격을 맞추는 건 힘들지도 모르겠어."

"원거리 공격은 참격을 날려서 상쇄시키고, 곧바로 이쪽을 노리니까. 함부로 아츠를 사용해서 공격하면 경직 시간에 카운터를 맞게 돼. 뭐, 거세진 만큼 HP 자체는 줄어든 상태니까 단기 결전을 노리는 것도 하나의 방법이고."

궁후 사부의 움직임을 객관적으로 정리해 보니 제3단계는 공격의 속도나 연출이 더 빨라지고 화려해졌지만, 행동 자체는 제2단계의 움직임과 거의 같았다.

새롭게 익혀야 할 것 자체는 별로 없다. 그러나 애초에 공방일체인 보스인 만큼, 빈틈이 더 줄어들었다.

"제3단계에서 추가되는 동작으로는 강한 기술인 2연속 세로 베기와 회전 베기가 있겠지."

연달아 날아드는 불꽃과 충격파의 2연속 세로 베기는 뒤쪽으로 물러나면 궁후 사부가 파고들어서 사정거리가 늘어나기 때문에 피하는 건 힘든 모양이었다.

옆으로 피하더라도 쫓아와서 두 번째 세로 베기를 날리기에 한 번 피하더라도 안심할 수는 없다.

또 다른 강한 기술인 회전 베기는 말 그대로 궁후 사부가 한 바퀴 회전하는 범위 기술이다.

창끝의 불꽃이 약간 남기 때문에 피한 다음에 빈틈을 노리지도 못하는 것 같았다.

회전 베기를 날린 순간에 위쪽으로 뛰어서 피하거나, 창끝이 남긴 화염진 안쪽의 공백 지대를 노려야 한다.

그리고 가장 중요한 검은 불꽃의 늑대는———.

"그건 궁후 사부가 뛰어오르기 전에 기술이 발동되는 걸 막거나 다가오는 타이밍에 앞으로 뛰어들 수밖에 없지."

상공으로 뛰어오른 궁후 사부가 날리는 기술, 크게 꿈틀대며 쫓아오는 검은 불꽃의 늑대.

동영상에 나온 타쿠는 불규칙적으로 움직이는 검은 불꽃의 늑대가 단숨에 덤벼들자마자, 몸을 숙이고 늑대 바로 아래로 뛰어들어서 피했다.

보아하니 검은 불꽃의 늑대는 대각선 위쪽에서 플레이어를 쫓아오며 다가오지만, 급강하지 못하고 급선회도 못하는 것 같았다.

충분히 끌어들인 다음 거리를 멀리 두거나 바로 아래쪽으로 파고들면 피할 수 있는 모양이다.

"그렇구나, 이렇게 피하는 거였네."

"즉사급으로 강한 기술이지만, 회피 자체는 익숙해지면 쉬워. 하지만, 가끔 힘을 모으는 동작으로 페인트를 써서 카운터를 날릴 때도 있으니까 주의하고."

힘을 모으는 동작에서 공격을 날릴 때가 기회라고 생각하며 접근했을 때 페인트를 써서 반격당하는 모양이다.

그리고 타쿠는 다음에 자기가 실패한 패턴을 보여주었다.

기술의 발동을 막기 위해 접근한 타쿠가 장검 두 자루를 휘둘러 대미지를 입히려 했다.

그때, 힘을 모으는 동작을 해제한 궁후 사부가 타쿠를 향해 검창을 세로로 내리쳤다.

세로 베기보다 먼저 검은 불꽃이 타쿠의 몸을 태웠고, 그 뒤로 이어진 두 번째 세로 베기의 충격파가 다단 공격이 되어 타쿠의 HP가 팍팍 깎여나가서 2할 정도로 줄었다.

타쿠는 장검 두 자루를 교차시켜 그 공격을 견뎌냈지만,

궁후 사부가 그런 타쿠를 향해 뛰어오르며 검창을 내질렀다.

내 HP를 절반 가까이 날려버린 궁후 사부의 일격을 HP가 2할 정도 남은 상태로 맞은 타쿠는 버티지 못할 거라 생각했다.

하지만, 동영상에 나온 타쿠는 땅바닥에 쓰러지지 않은 채 계속 서 있었다.

그 연속 공격을 맞고도 버텨낸 타쿠가 궁후 사부에게 반격을 가했다.

"어?! 어떻게 방금 그 공격을 맞고도 아직 살아있는 거야! HP도 거의 남아있지 않았잖아!"

연속 공격을 맞은 타쿠는 궁후 사부의 공격을 피하고 HP를 회복시킨 다음, 다시 싸우기 시작했다.

전투를 계속 이어나간 타쿠는 궁후 사부에게 멋지게 승리를 거두었다.

그 동영상을 멍해진 표정으로 바라보고 있던 내 옆얼굴을 타쿠가 신이 난다는 듯이 보고 있다는 걸 눈치챘다.

"어떻게 HP가 2할 남은 상태에서 공격을 맞고도 살아남은 거야?!"

"그건 이 아이템을 장착하고 있었기 때문이지."

동영상에 나온 타쿠는 3인칭 시점으로 찍혔기에 항상 이쪽을 등진 상태였다.

그렇기 때문에 어떤 장비를 장착하고 있었는지 알 수가 없었지만, 나란히 앉아 동영상을 보고 있던 타쿠가 연녹색 석제 고리에 가죽끈을 꿰어 만든 목걸이를 꺼냈다.

이 액세서리를 장착해서 쓰러지는 걸 막았을 텐데. 그 연독색 석제 고리를 어디선가 본 적이 있다.

"그거, 어디선가 본 적이……, 앗, 그거, 나도 가지고 있어! 해적왕의 비보였지!"

"정답———, 해적왕의 비보인 [불굴의 돌]이야."

타쿠가 유쾌하다는 듯이 씨익 웃고는 즉사기를 막아준 액세서리의 정체를 밝혔다.

불굴의 돌 [장식품] (중량 : 3)

MIND+20, 추가 효과 : [견고 : 1/1]

『이 몸의 98번째 비보다. 이게 있으면 나는 어떤 공격도 두려워하지 않고 계속 서 있을 수 있지. 그야말로 천벌이 떨어지더라도 말이야.』

[불굴의 돌]은 외딴섬 에리어에서 손에 넣을 수 있는 유니크 액세서리이고, [견고]라는 추가 효과가 있다.

[견고] 추가 효과는 HP가 0이 되는 공격을 맞더라도 1이 남아서 버티고, 10초 동안 무적 시간이 발생하는 효과가 있다.

궁후 사부의 즉사기를 [불굴의 돌]의 효과로 버티고, 그 이후에 HP를 회복시켜서 태세를 바로잡았을 것이다.

"일격이 무거우니까 공격을 버틸 수 있는 횟수를 한 번 늘려주고, 즉사급 기술을 방어할 때 써도 좋겠는데!"

어차피 HP 1로 버티는 것보다 소생약을 써서 부활하는 게 재정비가 더 편한 상황이 많기에 잊고 있었다.

하지만, 애초에 소생약의 사용 횟수에 제한이 있는 궁후 사부와 남은 HP가 1인 상태로 버틸 수 있는 [불굴의 돌]은 상성이 좋다.

"그런데 [견고]는 횟수 제한이 있었지 않았나…….."

"그래, 하루에 한 번. 하루가 지나면 횟수가 회복돼."

강력한 방어 액세서리인 [불굴의 돌]은 [대신하는 보옥의 반지]와 마찬가지로 다시 사용할 수 있게 될 때까지 대기 시간이 설정되어 있다.

"남아있는 장비 용량으로도 장비할 수 있고, 이미 가지고 있는 액세서리니까 써먹을 수 있겠구나. 그런데 처음부터 쓰면 낭비해버릴 것 같아…….."

[대신하는 보옥의 반지]와 마찬가지로 단시간에 여러 번 쓸 수 있는 장비는 아니다.

처음부터 장비하면 쓸데없이 발동시켜버릴 테니 중요한 상황에서 쓰지 못하게 될 가능성도 있다.

"[불굴의 돌]은 하나밖에 없고……, 어떤 타이밍에 쓸까. 보험으로 장비해둘까, 아니면 제3단계까지 아껴둘까."

내가 가지고 있는 [불굴의 돌]을 사용할 타이밍을 생각하던 와중에 타쿠가 제안했다.

"내가 가지고 있는 [불굴의 돌]을 빌려줄까? [견고] 효과를 사용한 뒤에도 새 장비로 교환하면 다시 [견고]가 발동

되잖아?"

"앗, 그렇구나. [견고] 추가 효과 자체에는 발동 제한이 없는 거야?"

어디까지나 해당 장식품의 추가 효과에 횟수 제한이 걸려 있는 것뿐, 이름과 종류가 같은 유니크 액세서리와는 [견고] 추가 효과도 별개로 카운트된다.

그렇기에 다 쓴 액세서리를 교체하더라도 다시 발동시킬 수 있다.

"그럼 궁후 사부에게 도전할 때 빌려줄래?"

"그래, 애초에 안 쓰니까 마음대로 가져가."

타쿠는 그렇게 말하며 [아트리엘]의 카운터 위에 [불굴의 돌]을 꺼내기 시작했다.

그런데 두 개, 세 개, 자꾸 쌓아나가는 모습을 보고 멍해져 버렸다.

"타쿠……, 왜 [불굴의 돌]을 이렇게 많이 가지고 있는 거야?"

"언젠가 써먹을 수 있겠다 싶어서 여러 개 손에 넣었지. 뭐, 거의 쓸 일이 없었지만."

"뭐라고 해야 하나, 유니크 액세서리인데도 귀중하다는 느낌이 별로 없네. 보통은 이렇게 많이 가지고 다니더라도 쓰지 않을 텐데."

테이블에 [불굴의 돌] 여덟 개가 쌓여있는 모습을 보니 어이가 없었다.

궁후 사부와 치열하게 싸울 때는 시합을 다시 시작하는 타이밍 정도에나 장비 전환이 가능하기에 이 정도만 있으면 충분하고도 남는다.

"그럼, 바로 궁후 사부에게 도전하고 와! 응원해줄 테니까."

"어?! 조금만 더 준비해야지! 아직 손에 넣은 [연마의 오의서]를 액세서리에 부여하지도 않았고, [대신하는 보옥의 반지]의 재사용 시간도 회복되지 않았다고!"

"어차피 질 거니까 [대신하는 보옥의 반지] 같은 건 없어도 되잖아! 일단 먼저 액세서리에 추가 효과를 부여한 다음에 다시 도전하라고! 동영상을 보고 익힌 걸 잊기 전에 실행에 옮기란 말이야!"

나는 한숨을 쉬며 성격이 급한 타쿠의 등쌀에 못 이겨서 [신조룡의 스타 뱅글]에 [보조 스킬 강화(중)]을 부여한 다음, 타쿠와 함께 미니 포탈을 통해 [단층가] 도장으로 다시 가게 되었다.

●

타쿠가 재촉해서 궁후 사부에게 도전했지만, 동영상을 보기만 한 것으로는 대처 방법을 완전히 익힐 수가 없었다.

오히려 익숙해질 때까지 최선의 움직임을 생각하느라 움직임이 둔해졌고, 안 좋은 결과가 나오기도 했다.

하지만, 날마다 반복할 때마다 움직임이 다듬어졌

고———, 궁후 사부에게 도전하기 시작한 지 15일째, 114번째 전투.

"윤 언니, 힘내~!" "윤 씨, 힘내세요!"

"아니, 어째서 이렇게 된 건데……."

신작 VRMMO [페어리즈 테일]과 [스텔라 기어]를 플레이하던 뮤우와 간츠 같은 사람들이 도장에 모여서 나를 응원해주고 있다.

"어째서냐니, 윤이 궁후 사부를 이길 수 있게끔 다 같이 응원해주고 있잖아?"

두통을 참으며 머리에 손을 댄 내게 타쿠가 그렇게 대답했다.

처음에는 OSO에 남아있던 미니츠와 마미 씨, 케이 같은 사람들이 타쿠에게 내 이야기를 듣고 상황을 지켜보러 왔을 뿐이었다.

그 이야기를 들은 뮤우 일행도 모여서 내가 궁후 사부를 이길 수 있게끔 온 힘을 다해 보조해주게 된 것이다.

"윤은 관객이 없는 게 더 나아?"

"아니, 없는 것보다는 있는 게 든든하긴 한데……."

보조해주기로 한 뮤우 일행은 나 대신 유탄 화살의 소재를 모으는 데 협력해주었다.

그 대신, 내가 정해진 시간에 궁후 사부에게 도전하고, 그것을 관전하며 즐기는 것이 뮤우 일행의 최근 일과가 되었다.

묵묵히 혼자서 궁후 사부에게 계속 도전하는 것보다는 뮤우 일행이 협력해 주고 응원하며 즐겨주니 묘한 일체감이 들어서 나도 즐겁다.

"모두 함께 윤 한 명이 궁후 사부를 이길 수 있게끔 키우는 걸 즐기고 있는 거지."

"나는 진지한데 말이야."

나는 타쿠의 말을 듣고 약간 토라진 듯이 중얼거렸다.

그런 한편, 관전하고 있던 뮤우 일행은 '그 실수는 나도 저질렀었지', '그 공격은 대처하기가 어렵지'라는 느낌으로 각각 궁후 사부와의 전투 때 실수하거나 패배했던 이야기를 하며 들떠 있었다.

죽으면서 익히는 게임은 죽는 모습을 보는 쪽도 즐거운 모양이었다.

"윤, 그런데 오늘 상태는 어때?"

"그래, 오늘이야말로 해낼 수 있을 것 같아."

2주일 넘게 궁후 사부에게 계속 도전해왔다.

확실한 손맛을 느끼면서 이제 슬슬 궁후 사부와 결판을 내야겠다는 생각이 든다.

사전 준비로 인챈트를 걸고는 강화 환약과 [기절] 내성 부여 포션도 마신 다음, 완벽한 상태로 궁후 사부에게 도전했다.

"윤 언니, 힘내~!" "윤, 힘내라~!"

뮤우와 타쿠 일행이 응원해주는 가운데, 나는 궁후 사부에게 도전했다. 이번엔 괜찮게 싸울 수 있었다.

"역시 익숙해지는 건 중요하지! ──《연사궁 · 2식》!"

새롭게 액세서리에 부여한 [보조 스킬 강화]와 [강화 효과 상승]의 시너지 효과로 인해 인챈트의 스테이터스 상승량이 올라갔다.

이 상태인 나는 궁후 사부의 거친 움직임에도 대처할 수 있다.

100번이 넘는 도전 횟수 중에서 대처 방법을 다듬었기에, 상대방의 빈틈을 노려 유탄 화살 두 발을 때려 넣었다.

"홋! 꽤 하는구나!"

"쳇, 조금 늦었나!"

돌아본 궁후 사부가 검창 측면을 방패 삼아 유탄 화살을 막아냈고, 그 뒤에 이어진 두 발째 폭파도 검창을 방패로 내세우고 견뎌냈다.

조금 더 일찍 날렸다면 유탄 화살을 궁후 사부에게 직접 맞출 수 있었을 것이다.

하지만, 검창의 측면으로 막아서 대미지를 줄이더라도 유탄 화살의 폭파 충격을 완전히 막아내지는 못한다. 나는 충분히 대미지를 입히고 있었다.

『ㅠㅠ꺄아아아아아아아아아아악──.ㅛㅛ

내 공격과 동시에 뮤우 일행이 흥분한 목소리로 외쳤다.

그 이후로도 최적화된 움직임을 보이며 전초전인 제1단계를 무난하게 돌파하고 제2단계로 들어갔다.

"흐하하하핫, 아가씨가 이렇게까지 대단할 줄은 몰랐구나!"

"허억, 허억……, 나는 남자야! ――《연사궁 · 2식》!"

타쿠에게 배웠지만 아직 익숙하지 않은 공격 타이밍. 결국 궁후 사부에게 반격당해서 타쿠가 빌려준 [불굴의 돌]을 소비해버렸다.

그런 다음, 정신적인 동요에서 벗어나지 못하고 만신창이가 된 채 궁후 사부에게 밀리다 쓰러졌다.

그 뒤 [완전 소생약]으로 부활한 뒤에 교환한 두 번째 [불굴의 돌]까지 쓰게 되었지만, 상대방의 남은 HP도 많지 않았다.

"지금! ――《연사궁 · 2식》!"

사실은 좀 더 냉정하게 살피다가 확실한 타이밍에 공격해야겠지만, 밀어붙여서 이길 수 있을 거라 생각하며 연사 아츠로 유탄 화살을 날렸다.

그리고 방어하려던 궁후 사부는 그 폭파의 여파로 HP가 줄어든 채 도장의 땅바닥에 무릎을 꿇었다.

"휴우……, 소생약은 한 번 남았어. [대신하는 보옥의 반지]도 쓸 수 있는 상태로 제3단계까지 왔고. 지금까지 가장 좋은 상황이야."

"윤 언니, 잘한다!" "윤! 할 수 있어! 신중하게!"

뮤우와 타쿠 일행의 응원을 받으며 전투가 다시 시작되기 전에 세 번째 [불굴의 돌]로 교환하고 HP를 회복시키기 위해 메가 포션을 사용했다.

그런 와중에 메뉴의 알림에 새로운 메시지가 왔다는 걸 눈치챘다.

"───이 타이밍에 새로운 아츠를 습득했구나."

궁후 사부에게 자주 사용하던 《연사궁 · 2식》의 사용 횟수가 일정 횟수에 도달했기에 상위 아츠를 습득한 모양이었다.

일단은 OSO를 1년 이상 플레이했기에 내가 쓰는 [활] 계열 센스를 조사해본 적이 있다.

그때 조사해보았던 연사 계열 아츠였기에 새로운 아츠의 개요만 잠깐 훑어보았다.

궁후 사부와 싸우는 도중에 확인할 여유는 없겠구나. 나는 궁후 사부의 제3단계 전투에 의식을 집중시켰다.

"전에 제2단계를 돌파했을 때보다 빠르게 왔어. 정신적인 피로도 별로 느껴지지 않고! 좋아, 할 수 있어!"

어쩌면 이번에 해낼 수 있을지도 모르겠다. 그런 희망이 가슴 속을 스쳐갔다.

"흐하하하핫! 재미있구나! 나도 경의를 표하며 온 힘을 다하마."

상반신 알몸인 궁후 사부가 검창의 무게추를 떼어내는 모습을 보며 집중력을 끌어올렸다.

"───시합, 재개!"

"───흐으으으읍!"

심판을 맡은 제자 NPC가 신호를 보내고, 궁후 사부가 검창을 휘둘러 멀리 떨어져 있던 내게 참격을 날렸다.

"역시, 빨라!"

하지만, 몇 번이나 보고 체험했던 공격이었기에 피할 수 없을 정도는 아니었다.

날아든 참격을 피한 나와 궁후 사부는 서로 거리를 재며 노려보았다.

그리고 궁후 사부가 거리를 좁히려 하자 화살을 날렸지만, 옆으로 뛰어서 피해버렸다.

두 발, 세 발, 연달아 화살을 날려 사이드 스텝으로 회피하게 만들어서 움직임이 멈춘 순간에 진짜 공격인 유탄 화살을 맞추려 했다.

"먹어라!"

힘차게 당긴 유탄 화살이 궁후 사부를 향해 날아갔다. 궁후 사부도 검창을 휘둘러 참격을 날려서 상쇄시켰다.

공중에서 폭발한 유탄 화살의 연기가 궁후 사부의 모습을 가리자, 나는 그곳에서 뛰기 시작했다.

상쇄된 유탄 화살이 일으킨 연기를 가르고 내가 직전까지 있었던 곳을 향해 궁후 사부가 뛰쳐나왔다.

"으랴아아아아앗!"

"역시, 왔구나!"

참격을 날려 상쇄시킨 유탄 화살의 연기가 퍼지기 직전, 도약 베기 모션에 들어가 있는 모습이 보였다.

그렇기 때문에 모습이 보이지 않더라도 그 이후의 움직임을 예측하고 미리 피했던 것이다.

유탄 화살을 맞추려 했을 때 아츠를 사용했다면 발동 이후의 경직 시간으로 인해 도약 베기에 대처할 수 없었을 것이다.

제3단계의 궁후 사부는 초급 아츠의 경직 시간으로도 빈틈을 내주게 되어버린다.

그리고 도약 베기를 피한 나는 오히려 그 측면에 화살을 날려 대미지를 입혔다.

"역시 유탄 화살이 아니면 위력이 약하구나."

도약 베기로 인해 궁후 사부와의 거리가 가까웠기에 나까지 휘말릴 수 있는 유탄 화살을 쓸 수가 없다.

대미지 효율이 좋은 유탄 화살을 쓰고 싶다는 마음을 억누르고 궁후 사부의 공격을 간파하며 측면으로 파고들어 다시 화살을 날렸다.

(절대로 지나치게 공격하진 않을 거야. 일격을 맞추면 거리를 벌린다.)

욕심을 부리며 연달아 공격을 가하면 확실하게 반격이 날아온다.

궁후 사부와의 전투에서 초조함은 금물이다.

사실은 거리를 벌리고 원거리에서 유탄 화살을 날리고 싶지만, 검창의 사정 범위 안에서 아슬아슬한 공방이 이어졌고, 중간에 창끝의 불꽃을 미처 피하지 못하고 HP의 6할이 깎여나갔다.

"이런, 회복……, 쳇, 나중에 하자! ———《연사궁 · 2식》!"

대미지를 입은 직후, 궁후 사부가 검은 불꽃의 늑대를 사용하기 위해 힘을 모으는 동작으로 들어갔다.

나는 곧바로 회복보다는 기술을 저지하는 것을 우선하며 거리를 벌리고 연사 계열 아츠를 날렸다.

유탄 화살 두 발이 궁후 사부에게 제대로 맞고 대미지를 입혔지만, 기술의 발동은 멈추지 않았다.

"이걸로 안 된다면 피할 수밖에 없지!"

내가 거리를 벌린 직후, 궁후 사부가 위쪽으로 뛰어올라 검창을 어깨에 메고 떴다.

"울부짖어라———, 왕랑!"

검은 불꽃의 늑대가 꿈틀대며 나를 노리고 덮쳤다.

서서히 다가오는 검은 불꽃의 늑대의 움직임을 빤히 올려다보며 아래쪽으로 파고들 타이밍을 노렸다.

"윤 언니, 지금이야!"

관객석에 있던 뮤우의 목소리가 울린 것과 동시에, 나는 검은 불꽃의 늑대 바로 아래를 슬라이딩으로 파고들었다.

"좋았어, 해냈다!"

그리고 그렇게 파고든 곳에는 땅바닥에 내려선 궁후 사부가 씨익 웃으며 검창을 옆쪽으로 당긴 채 곧바로 휘두를 자세를 취하고 있었다.

"앗, 이런……."

"———흐읍!"

슬라이딩한 직후라 불안정한 자세였던 나를 향해 참격이 날아와 맞았다.

즉사기를 회피하자 관객석에 있던 뮤우 일행이 환호성을 질렀지만, 곧바로 날린 참격에 맞는 흐름으로 인해 안타까워하는 목소리가 들렸다.

세 번째 [불굴의 돌]을 발동시킨 나는 남은 HP가 1인 상태로 버틸 수 있었고, 무적 시간 동안 메가 포션을 마시며 태세를 바로 잡았다.

"윤 언니, 힘내~!"

"강한 기술 피했다고 방심하지 말라고~!"

뮤우와 타쿠 일행의 응원이 뜨끔하다고 생각하면서도 전투를 재개했다.

이번에는 내가 계속 도망치듯이 거리를 유지했고, 궁후 사부가 조금씩 거리를 좁혔다.

그리고 서로 화살과 참격을 날려 견제하던 와중에 궁후 사부가 강한 기술의 예비 동작을 취했다.

허리를 숙이며 검창을 어깨에 멘 궁후 사부가 그걸 재빠르게 내리쳤다.

내려치다가 정면에서 멈춘 검창에서 검은 불꽃이 나와 일직선으로 내게 날아들었다. 나는 옆으로 뛰어서 그 공격을 피했다.

검창을 다시 빠르게 들어올린 궁후 사부는 발놀림만으로

나를 쫓아왔고, 이번에는 팔을 끝까지 휘두르며 충격파를 뿜어냈다.

2연속 베기라는 강한 기술. 나는 옆으로 다시 뛰어서 두 번째 충격파도 피했다.

옆으로 두 번 뛰어서 피하며 궁후 사부의 측면으로 파고든 나는 반격할 기회를 노렸다.

"지금이다!"

뛰어가면서 당긴 활시위에서 날아간 유탄 화살이 궁후 사부의 측면에 맞았고, 폭발을 일으켰다.

"무리해서 공격하지 않는다. 방심하지 않는다."

자신을 타이르듯이 그렇게 중얼거리며 연기 안을 경계했다.

그리고 연기 안에서 궁후 사부가 검창을 휘둘러서 연기를 날려버리며 천천히 모습을 드러냈다.

궁후 사부의 남은 HP는 약 4할 정도지만, 이기기 전까지는 역전될 가능성이 있다.

게다가 다시 거리를 좁히며 날리는 공격을 보면, 전혀 방심할 수 없다.

또 거리를 벌리는 데 성공한 나는 유탄 화살을 들고 궁후 사부를 조준했다.

(좋아, 이걸로!)

내가 유탄 화살을 날린 것과 동시에 궁후 사부가 검창을 휘둘러서 참격을 날렸다.

양쪽 공격이 공중에서 스치며 각각 상대방을 향해 날아갔다.

날아간 유탄 화살은 궁후 사부의 몸에 맞아 폭발했고, 나를 향해 날아온 참격은 몸을 비틀어 겨우 피했다.

(좋아, 이대로 거리를 벌리면서 다음 기회를⋯⋯.)

그렇게 생각한 다음 순간, 내 시야가 흔들리면서 어두워졌다. 관객석에서 비명 같은 목소리가 들렸다.

(아, 내성 부여 포션을 마셨는데도 [기절]하다니, 운이 없네.)

피한 줄 알았던 참격에 큰 대미지를 입은 모양이었다.

지금까지는 순조로웠지만, 단 한 번의 불운으로 인해 전황이 단숨에 악화되었다.

그대로 기절한 나는 궁후 사부에게 추가타를 맞고 쓰러져 버렸다.

"궁후 사부님, 두 판째!"

심판의 목소리가 울려퍼지는 와중에 [완전 소생약]을 사용해서 일어섰다.

"윤 언니, 신경 쓰지 마! 아직 역전할 수 있어!"

"운이 안 좋은 건 어쩔 수 없지만, 마음을 굳게 먹어!"

관객석에 있던 뮤우 일행의 따스한 응원과 위로 덕에 볼이 실룩였다. 나는 얼굴을 두드리며 기합을 다시 넣었다.

"아직 끝난 건 아니야.《인챈트》━━, 어택, 디펜스, 스피드!"

쓰러져서 사라진 인챈트 같은 것들을 다시 걸고, 지금까지 아껴두었던 [대신하는 보옥의 반지]를 장착한 다음, 네 번째 [불굴의 돌]로 교환했다.

궁후 사부 쪽을 보니 나와 거의 동귀어진한 듯한 형태로 유탄 화살을 맞았기에 상대방도 대미지를 입은 상태였다.

"궁후 사부의 HP는 4할 정도 남았지. 어떻게든 다음 빈틈을 보일 때까지 견디다가 HP를 전부 깎아내겠어."

"──시합, 재개!"

심판이 신호를 보낸 것과 동시에 전투가 다시 시작되었다.

"가라!"

다시 시작된 것과 동시에 유탄 화살을 날렸다.

얼마 남지 않은 HP를 조금이라도 빠르게 깎아내기 위해 속공을 가했지만, 날아간 유탄 화살이 참격에 상쇄되었다. 단숨에 거리를 좁힌 궁후 사부가 검창을 휘두르자 창끝의 불꽃에 몸이 스쳤다.

(그렇게 간단히 쓰러져주진 않는구나!)

억지로 밀어붙이려다 반격당해서 귀중한 [대신하는 보옥의 반지]를 한 번 써버렸다.

다시 신중하게 행동하며 기회가 올 때까지 기다렸다.

궁후 사부와의 전투도 종반에 접어들자 뮤우 일행의 응원하는 목소리가 한층 더 커졌다. 덤벼드는 궁후 사부의 공격을 피하며 틈을 봐서 측면으로 파고들어 일반 화살로 HP를 깎아나갔다.

내가 화살 한 발을 맞추면 상대방도 공격을 맞춰서 [대신하는 보옥의 반지]를 소비하게 만드는 수수한 소모전이 벌어졌다.

그리고 다시 기회가 찾아왔다.

"힘을 모으는 모션!"

궁후 사부와의 거리는 내게 유탄 화살의 여파가 아슬아슬하게 닿지 않는 거리. 궁후 사부는 검은 불꽃의 늑대를 날리기 위해 힘을 모으는 동작에 들어갔다.

(대미지를 입힐 기회야!)

"──《연사궁 · 2식》!"

"윤! 그건 페인트야!"

무방비한 궁후 사부에게 연속으로 유탄 화살을 날리기 위해 아츠를 발동시켰지만, 멀리서 관전하던 타쿠의 목소리가 들렸다.

하지만 발동시킨 아츠의 행동을 취소할 수는 없었고, 유탄 화살 두 발이 내 손에서 떠났다.

궁후 사부는 힘을 모으던 동작을 해제하고 회전 베기 예비 동작으로 전환했다.

첫 번째 유탄 화살을 몸으로 맞고, 두 번째 화살이 날아들기 직전에 회전 베기로 휩쓸 듯이 베어서 직격을 막았다.

기세를 그대로 살려 휘두른 검창이 내 눈앞을 스쳤고, 뒤따른 충격파와 불꽃이 몸을 통과했다.

"커, 헉──."

회전 베기의 충격과 불꽃이 나를 덮쳐 날려버리며 대미지를 입혔다.

[대신하는 보옥의 반지]는 이미 바닥났고, 땅바닥을 구르며 [불굴의 돌]이 발동되었다.

그럼에도 불구하고 내가 공격을 견뎌내며 일어서자, 궁후 사부가 다시 검은 불꽃의 늑대를 날리기 위해 힘을 모으는 동작에 들어간 것이 보였다.

"윤, 피해!"

"윤 언니! 기회야! 공격해!"

관객석에서 전혀 다른 응원이 들렸다. 나는 궁후 사부의 상태를 확인했다.

방금 맞은 한 발로 남은 HP는 2할.

지금 유탄 화살을 맞추더라도 아이템의 대미지 제한으로 인해 대미지가 1할 정도밖에 들어가지 않기 때문에 쓰러뜨릴 수는 없다.

안정적으로 싸우려면 일단 회복하고 나서 다시 HP를 깎아내면 된다.

하지만, 어떤 가능성이 머릿속을 스쳐 갔다.

"지금부터는, 도박이야———, 《연사궁 · 삼파》!"

하늘 위로 뛰어올라 검창을 들어 올린 궁후 사부를 향해 전투 중에 손에 넣었던 새로운 연사 계열 아츠를 발동시켰다.

손가락 사이에 끼운 유탄 화살 세 발을 활시위에 매기고 동시에 발사. 새 연사 계열 아츠가 상공에 있던 궁후 사부의 몸에 맞고 차례차례 폭발을 일으켰다.

아츠의 경직으로 움직일 수 없게 된 나는 폭연 안에 있는 궁후 사부를 올려다보았다.

지금 검은 불꽃의 늑대를 날린다면 피하지 못하고 내가 지게 된다.

하지만, 도박에 성공한다면———.

"끄으윽……, 내 몸이……."

공중에 있던 궁후 사부는 그대로 기술을 날리지 못한 채 땅바닥으로 내려와 숨을 헐떡이며 무릎을 꿇었다.

빈틈을 드러낸 궁후 사부가 다시 일어서기 전에 내 경직 시간이 풀렸고, 나는 다시 활시위에 화살을 매겼다.

"이걸로, 내 승리다!"

날린 유탄 화살이 궁후 사부에게 맞아 폭발을 일으켰다.

"———도전자. 한판! 도전자의 승리!"

심판이 내 승리를 선언했다. 폭발로 인해 생겨난 연기가 가시자, 그곳에는 도장의 땅바닥에 쓰러진 궁후 사부가 있었다.

종장 궁후 사부와 장비 용량

궁후 사부에게 승리한 나는 힘이 빠져서 제자리에 털썩, 주저앉았다.

그리고 나도 그대로 뒤쪽으로 쓰러지며 환호성을 질렀다.

"으으으으으———, 이제야, 이제야 끝났다아아아아아아아아아!"

대충 2주일 동안, 100번 이상 계속 싸우며 쌓였던 울분이 단숨에 해방되었고, 그 감정이 기쁨으로 바뀌었다.

"윤 언니, 축하해! 대단했어!"

"윤, 고생했다!"

"뮤우, 타쿠……, 피곤해. 이제 두 번 다시 안 싸울 거야."

뒤로 쓰러진 나는 고개만 돌려서 뮤우와 타쿠 쪽을 보며 그렇게 대답했다.

타쿠는 감탄했다는 듯이 중얼거렸다.

"그건 그렇고 용케도 그걸 중단시켰구나. 윤이 공격했을 때는 이제 틀렸다고 생각했는데."

"그래? 나는 그때 공격해야 이길 수 있다고 생각했어."

그 상황에서 타쿠는 피해야 한다고 생각했고, 뮤우는 공격해야 한다고 생각했다.

정반대의 의견 사이에서 나는 내 생각을 말했다.

"나도 그때 공격에 나선 건 도박이었지만, 어차피 지더라도 검증을 할 수 있을 거라고 생각했거든."

궁후 사부는 유탄 화살 두 발을 맞고도 기술을 중단하지 않았다.

그 이상 유탄 화살을 날리더라도 아이템의 대미지 제한으로 인해 최대 HP의 1할 이상 대미지를 입힐 수는 없다.

"하지만 다른 쪽에서 대미지가 계산된다면 대량으로 때려 넣어서 기술을 저지할 수 있지 않을까 싶었거든."

세이 누나와 미카즈치가 니트로 포션을 써먹는 방법에 대해 가르쳐주었을 때, 나는 대미지가 제한되는 상황에서도 부위 파괴 등 다른 부분에선 대미지가 계산된다는 사실을 배웠다.

그때는 그냥 흘려들었지만, 궁후 사부가 힘을 모으는 동작을 보았을 때 그게 떠올랐다.

지금까지는 유탄 화살을 낭비하지 않게끔 싸웠지만, 어차피 질 거라면 마지막으로 《연사궁 · 삼파》로 유탄 화살 세 발을 때려 넣어서 행동을 저지할 수 있을지 알아보고 싶었다.

그 결과———, 나는 도박에 승리했고, 강한 기술의 발동을 저지한 다음 비틀거리던 궁후 사부에게 추가타를 가해 승리할 수 있었다.

"뭐, 처음부터 그걸 알고 있었다면 좀 더 편하게 싸울 수 있었을지도 모르지."

이걸 미리 알았다면, 무리해서라도 유탄 화살을 날려서 전투를 유리하게 이끌어나갔을 만도 했다.

그렇게 생각하니 이겼다는 안도감과 함께 좀 더 잘 싸웠을 수 있었을 거라는 후회도 밀려와서 한숨이 나와버렸다.

그리고 그런 나에게 패배한 궁후 사부가 시원스러운 표정을 지으며 다가왔다.

"아가씨, 멋진 승부였다! 나도 좀 더 정진할 수 있다는 사실을 알게 되었구나!"

"음……, 네에……."

갑작스럽게 궁후 사부와 대화를 나누게 되자 애매한 대답을 했지만, 궁후 사부는 딱히 아랑곳하지 않고 계속 말했다.

"나와의 시합을 통해 아가씨도 심신이 단련되어 더욱 강한 힘을 손에 넣었을 게야."

퀘스트 [수행! 궁후 사부] 퀘스트 달성.
궁후 사부의 제3단계 토벌 보수——— 액세서리의 장비 용량 증가(1)

메뉴의 스테이터스를 보니 액세서리의 장비 용량이 10에서 11로 늘어나 있었다.

"또 심신을 단련하고 싶을 때는 나를 찾아오거라. 언제든 기다리고 있으마!"

궁후 사부는 그렇게 말하고는 도장의 지정된 위치로 돌아갔다.

"다시 도전할 수 있다는 걸 보니 두 번째 이후로도 뭔가 보수가 있는 거야?"

"두 번째 이후로 공략할 때는 궁후 사부가 쓰던 검창을 유니크 무기로 손에 넣을 수 있어."

내가 묻자 타쿠가 그렇게 대답해 주었다.

저렇게 무거운 검창 같은 건 필요도 없고, 가능하면 두 번 다시 싸우고 싶지 않다.

하지만, 궁후 사부의 제2단계를 이기면 입수할 수 있는 [연마의 오의서]는 평균 시가 150만G 정도로 거래되고 있다.

그렇게 고가의 강화 소재는 아니지만, 일정 이상의 플레이어 스킬과 숙련도가 있다면 제2단계까지는 쓰러뜨리기 쉽다.

나처럼 대량의 아이템을 사용하지 않는 플레이어에게 있어서는 궁후 사부와 시합할 때 필요한 10만G와 기타 소비 아이템까지 고려해도 충분히 돈을 벌 수 있는 부분일지도 모르겠다.

그렇게 생각하며 보수를 대충 확인한 나는 뮤우와 타쿠 일행을 돌아보았다.

"다들, 여러모로 고마워. 내가 클리어할 수 있게끔 도와 줘서."

"윤 언니, 신경 쓰지 마! 윤 언니가 싸우는 모습을 응원하는 게 즐거웠으니까."

"그래, 그래, 윤이 죽는 모습……이 아니라 싸우는 모습을 즐겁게 봤거든!"

"타쿠, 죽는 모습이라니, 그게 무슨 소리야. 말 바꿔도 소용없다고."

남이 제대로 공략하지 못하고 시행착오를 거듭하던 모습을 즐기던 타쿠에게 눈을 흘긴 다음, 한숨을 쉬었다.

"그건 그렇고 윤 언니랑 궁후 사부의 전투를 보다 보니 왠지 흥분되네! 나도 강한 적에게 도전하고 싶어졌어!"

요즘 뮤우 일행은 신작 VR [페어리즈 테일]을 플레이하고 있다.

하지만, 게임 초반의 적 MOB은 움직임이 너무 솔직해서 게임에 익숙한 뮤우 일행에게는 조금 아쉬웠던 모양이다.

"신작 VR도 재미있었지?"

"종족 요소 같은 건 귀엽고 재미있었어! 그래도 역시 이제 막 나온 게임이라 아직 내용이 조금 빈약하다 싶은 느낌이야."

무엇보다 맛있는 과자가 없어! 그렇게 힘주어 말하는 뮤우에게 루카토 일행이 고개를 끄덕이며 맞장구를 쳤다.

보아하니 [페어리즈 테일]이라는 게임에는 아직 발전할 여지가 있는 모양이다.

"그러니까! 모처럼 모두 모였으니 이대로 강한 적과 싸우자!"

"그거 좋네! 나하고 간츠도 잠깐 OSO를 떠나 있었으니까 그만큼 따라잡아야지!"

최근에는 나를 보조하기 위해 소재만 모으던 뮤우가 그렇게 제안했고, 타쿠도 찬성했다.

뮤우 파티의 루카토 일행이나 타쿠 파티의 간츠 일행도 딱히 이의가 없는 눈치였다.

"그렇구나. 뮤우하고 타쿠네가 같이 모험을 하러 간다면 나는 [아트리엘]로 돌아갈래. 고생 많았어."

"윤 언니도 같이 가야지!"

그렇게 말하며 도장에서 빠져나가려 했지만, 뮤우에게 붙잡혀버렸다.

"어~, 시합하느라 피곤한데……."

"우리가 시합에 집중할 수 있게끔 소재를 모으는 걸 도와줬잖아! 그러니까 우리하고 같이 가자! 응? 한 번만! 부탁이야!"

뮤우가 그렇게 말하니 뭐라 할 말이 없었다.

계속 내가 궁후 사부를 클리어할 때까지 도와준 뮤우도 사실은 구경만 하는 게 아니라 직접 온 힘을 다해 싸우고 싶었겠구나.

"알겠어, 한 번만이야. 그리고 이 인원으로 뭘 할 건데? 아니, 애초에 어디에 갈 건데?"

모두 합쳐 열두 명, 두 파티가 함께 즐길 수 있는 거라면 레이드 퀘스트 같은 것밖에 없다.

그렇게 많은 인원이 지금 바로 이동하는 것도 조금 골치가 아프다.

내가 그렇게 묻자 뮤우가 씨익 웃었다.

"내가 아까 이렇게 말했잖아. 이대로, 라고!"

"설마, 이 도장?"

"맞아! 궁후 사부의 도장에서는 솔로 퀘스트가 아니라 파티용 퀘스트와 레이드용 퀘스트로도 싸울 수가 있어!"

그 말을 들은 나는 도장을 둘러보다가 눈치챘다.

도장 안은 궁후 사부와 맞대결만 벌이기에는 약간 넓은 느낌이긴 했다.

참전 인원수마다 퀘스트가 따로 마련되어 있다면 이해가 된다.

"그러니까, 궁후 사부님! 저희 모두가 상대할 수 있는 걸로 부탁드릴게요!"

"잠깐, 뮤우?! 나는 아직 마음의 준비가……!"

"흐하하하하핫! 많은 인원으로 싸우기를 원하는가! 그렇다면 내 도장의 수련 병기를 불러낼 수밖에 없겠구나! 오거라! ───아수라 목인상!"

궁후 사부의 큰 웃음과 동시에, 뚫린 천장에서 스며들던 햇살에 그림자가 드리웠다. 올려다보니 거대한 무언가가 떨어졌다.

쿠우웅, 하는 착지음과 함께 무릎을 굽혀서 착지의 충격을 완화시킨 목각 인형이 천천히 고개를 들었다.

"자, 이 녀석과 마음껏 싸우도록 하거라!"

"크, 크다!"

그렇게 일어선 것은 키가 4~5미터는 되는 목인상. 세 얼

굴에 서로 다른 표정을 띠고, 서로 다른 무기를 든 여섯 개의 팔을 들어 올리고 있었다.

"도전자 대 아수라 목인상의 시합———, 개시!"

그리고 아수라 목인상의 얼굴 세 개의 입이 쩌억 열리더니, 광선을 날리며 고개를 빙글빙글 회전시키기 시작했다.

"무서워! 아니, 빔이 위험하잖아!"

고개를 돌리며 전방위에 수렴 광선을 이리저리 날리는 걸보니 원거리 공격도 가능한 모양이었다.

정말. 마음의 준비도 하기 전에 뮤우와 타쿠 일행은 이미전투 준비를 갖추고는 거대 목각 인형과 대전을 벌이기 시작했다.

그리고, 몇 분 뒤———.

"역시나, 죽었어어어어어어!"

아수라 목인상은 팔 한 쌍에 활을 들고 있는데, 거기서 날아온 화살에 맞아 HP가 0이 되었다.

제일 먼저 아수라 목인상에게 당한 나는 관객석으로 강제전이되었고, 패배한 아군이 차례차례 이쪽으로 넘어왔다.

보아하니 레이드 난이도인 아수라 목인상과의 전투에서는 소생약을 쓰지 못하는 것 같았다.

그렇게 한 명, 두 명, 빠져나갈 때마다 다른 멤버들의 부담이 늘어났고, 마지막에는 전선을 유지하지 못하게 된 채

와해되어 패배해 버렸다.

"졌어~! 그래도 즐거웠어!"

"역시 이 녀석을 이기려면 멤버를 좀 더 늘리고 여러 번 연습해야겠구나."

패배했는데도 즐거워하는 뮤우와 타쿠는 만족한 모양이었다.

"윤 언니, 함께해줘서 고마워! 우리는 루카네랑 모험을 하고 올게!"

"그래, 고마워. 그리고 열심히 해."

나는 아수라 목인상도 이길 만큼 강해지겠다고 다짐하는 뮤우 일행을 배웅한 다음, 타쿠 일행 쪽을 돌아보았다.

"그런데 타쿠네는 어떻게 할 거야?"

"우리도 간츠랑 미니츠 같은 사람들하고 모험을 하고 올게. 아수라 목인상이랑 싸워보고 차이를 느꼈으니까, 따라 잡아야지."

케이와 미니츠, 마미 씨는 신작 VR 게임으로 넘어가지 않고 OSO를 계속하고 있었다.

그 격차를 메꾸고 따라잡기 위해 타쿠 일행도 모험을 하러 간다는 모양이었다.

"그럼, 우리는 갈게."

"그래, 도와줘서 고마워. 또 [아트리엘]에 오라고."

타쿠 일행을 배웅한 나는 혼자 도장에 남아 쓴웃음을 지었다.

할 일을 마치고 곧바로 해산해서 다음 목표를 향해 움직이는 뮤우와 타쿠 일행은 참 여전하다.

한동안 계속 다녔던 도장과 궁후 사부를 돌아본 나는 고개를 크게 숙여 인사를 한 다음, [아트리엘]로 돌아가 한동안 느긋하게 지내기로 결심했다.

●

궁후 사부를 쓰러뜨리고 사흘 뒤. [아트리엘]에서 느긋하게 지내던 나에게 손님이 왔다.

"윤 씨! 소재를 다 모았으니까 새로운 액세서리를 부탁할게!"

"라이, 우선 인사부터 해야지! 안녕하세요, 윤 씨."

"라이나, 알, 고생 많았어. 소재를 다 모은 모양이네."

나는 [아트리엘]로 들어온 라이나와 알의 노고를 치하하며 맞이했다.

"그건 됐고, 소재를 다 모아 왔으니까 이제 새로운 액세서리를 만들 수 있지?"

"라이, 그렇게 재촉하듯이 말하면 안 돼. 윤 씨, 그런데 다 만들려면 얼마나 걸릴까요?"

지정된 소재를 다 모아서 [아트리엘] 카운터에 늘어놓기 시작한 라이나와 알. 나는 쓴웃음을 지으며 말했다.

"마침 한가했으니까 바로 공방에서 만들기 시작할게."

"윤 씨, 고마워! 이제 우리도 좀 더 강해질 수 있겠네!"

"그렇게 바로 만들어주시려고요? 저기, 감사합니다!"

라이나와 알은 그렇게 대답했지만, 곧바로 라이나가 조마조마한 모습을 보이기 시작했다.

"라이나, 왜 그래?"

"저기……, 우리가 액세서리를 만드는 걸 보면 안 될까?"

보아하니 자신의 액세서리를 어떻게 만드는지 신경 쓰이는 모양인지, 라이나가 견학하고 싶다는 이야기를 꺼냈다.

나는 쓴웃음을 지으며 받아들였다.

"작업 중에는 꽤 한가한 시간도 많으니까 말동무가 되어준다면 좋아."

"고마워, 윤 씨!"

"감사합니다, 실례할게요."

그렇게 두 사람을 [아트리엘]의 공방으로 안내해주고 마도로에 불을 지폈다.

라이나는 아다만타이트, 알은 플레어다이트와 미스릴 합금으로 액세서리를 만들 예정이다.

액세서리의 디자인도 소재를 모으기 전부터 정해두었기에 막힘없이 시작할 수 있었다.

화로에 광석을 넣고 녹인 금속에 망치를 휘둘러서 주괴로 만들었다.

나는 액세서리의 토대, 가공, 연마, 조각 등의 단계가 조금씩 진행되는 와중에 숨을 돌리기 위해 두 사람의 이야기를 들었다.

"예전에 말씀드렸던 그 레티시아 씨가 노리던 MOB을 드디어 동료로 만들었어요."

"오오, 무사히 새로운 동료가 되었구나."

"그래, 맞아! 콜드 덕 사츠키, 삿짱이 정말 귀엽다고! 그리고 푹신푹신, 탱글탱글하고 부드러워!"

그렇게 말하며 설명해준 알과 라이나는 레티아가 새롭게 동료로 만든 사역 MOB의 스크린샷을 보여주었다.

스크린샷에는 거대한 순백색 오리가 찍혀 있었다.

노란 부리와 윤기 있는 깃털. 몸을 움츠린 채 앉아 있는 모습이 동그랬다. 깃털의 탱글해 보이는 느낌 덕에 나도 모르게 떡과 호빵이 생각났다.

그리고 그렇게 푹신푹신한 가슴털을 끌어안고 있는 레티아와 벨을 보니 훈훈해졌다.

"귀엽네, 콜드 덕 삿짱, 뭘 먹으려나."

"삿짱은 잡식이라 뭐든 잘 먹어요. 그중에서도 채소 같은 초록색 음식을 좋아하고요."

[아트리엘]에서 재배하고 있는 약초 같은 것도 먹으려나.

그 밖에도 머리 위에 밀 버드인 나츠가 앉아 있는 모습이나, 앉아 있는 삿짱의 배와 지면 사이에서 머리만 내민 채 깃털이 기분 좋아서 그런지 늘어져 있는 초식동물 하루와 페어리 팬서 후유 등, 다양한 사역 MOB들의 모습을 보고 힐링했다.

그렇게 이야기를 듣다 보니 이번에는 내가 이야기를 할 차례가 되었다.

　"호오, 우리랑 헤어진 뒤에는 [무기질 동굴]에 갔구나."

　"뭐, 단층가의 포탈을 등록하기 위해서 한 번 갔지."

　"[단층가]라면 수인 NPC가 있는 마을이죠! 벨 씨가 이야기를 해줬어요."

　푹신푹신한 것을 정말 좋아하는 벨에게 들었는지, 라이나와 알도 알고 있었던 모양이다.

　"[단층가]는 중화풍 거리라 꽤 괜찮았어. 그런데 나도 아직 거의 탐색하지 못했거든."

　그렇게 말하며 이번에는 [무기질 동굴]의 출구에서 올려다본 [단층가]의 스크린샷을 보여주었고, 두 사람 모두 감탄하며 목소리를 냈다.

　"[단층가]라고 해서 투박한 곳인 줄 알았는데, 꽤 예쁜 곳이잖아!"

　"그런데 윤 씨는 왜 이곳에 가신 건가요? 에리어 끄트머리죠?"

　"궁후 사부에게 도전하기 위해서지."

　라이나와 알의 액세서리를 최종적으로 조정하며 그렇게 대답했다.

　""궁후 사부? 누구지?""

　동시에 고개를 갸웃거리는 둘을 보고 살짝 웃음을 터뜨린 나는 미카즈치가 가르쳐줬을 때처럼 궁후 사부에 대해 설명해 주었다.

"궁후 사부라는 건 [단층가]에 도장을 가지고 있는 퀘스트
NPC야."

"호오, 그런 상대가 있었군요. 그런데 궁후 사부에게 도
전했다는 건 무슨 뜻인가요?"

알이 맞장구를 치면서 물어보았기에 궁후 사부의 솔로 퀘
스트에 대해 설명해주었다.

"말 그대로 퀘스트로 궁후 사부와의 1대1 대결에 도전하
는 거야. 궁후 사부는 엄청나게 강했어. 이길 때까지 100번
넘게 싸우다가 졌으니까."

"뭐어?! 윤 씨가 그렇게 많이 지다니, 대체 얼마나 강한
상대인데!"

"저는 오히려 그렇게 많이 졌는데도 포기하지 않았던 이
유가 신경 쓰이네요."

내가 궁후 사부가 얼마나 강한지 설명해주자 라이나는 겁
을 먹었고, 알은 그렇게까지 하면서 계속 도전한 이유를 궁
금해했다.

"궁후 사부를 이기면 초회 보수로 액세서리의 장비 용량
이 하나 늘어나거든. 그걸 노리고 도전했는데, 결국 완전히
늪에 빠져버렸지."

자조하는 듯이 웃는 나를 보고 알이 긍정적으로 말했다.

"윤 씨가 계속 진 이유는 분명 상성 때문일 거야! 그리고
상성만 좋다면 나도 이길 수 있을지 몰라!"

"뭐, 나랑 궁후 사부의 상성이 좋진 않았지."

라이나 말대로 상성이 작용하겠지만, 나 같은 경우엔 좋지도 나쁘지도 않았던 것 같다.

"좋아, 결심했어! 나도 그 궁후 사부에게 도전해볼래!"

"라이, 너무 낙관적이잖아. 그리고 액세서리의 장비 용량이 하나 늘어난다 하더라도 직접적으로 강해질 수는 없어."

차라리 장비의 추가 효과 슬롯을 하나 늘려주는 [익스팬션 키트 I]을 손에 넣는 게 더 강해질 거라고 알이 타일렀지만⋯⋯.

"괜찮아! 그 궁후 사부라는 녀석하고 한번 싸워보고 싶으니까!"

한 번 결심한 라이나는 생각을 바꾸지 않고 알을 길동무 삼아 궁후 사부에게 도전하려는 모양이었다.

"뭐, 해보고 안 될 것 같으면 하소연은 들어줄게. 자, 액세서리가 완성됐어."

두 사람과 이야기를 나누는 사이 마지막 공정인 추가 효과 부여도 마쳤다.

"고마워, 윤 씨! 바로 이 액세서리를 장착하고 궁후 사부에게 시험해보고 올게!"

"라이, 그 전에 [무기질 동굴]을 돌파해야지⋯⋯."

혼자서 폭주하는 라이나와는 달리 함께 [무기질 동굴]을 돌파하는 데 협력해줄 플레이어들을 찾기 위해 친구 메뉴를 살펴보는 알.

어수선한 와중에 [아트리엘]에서 나간 라이나와 알을 배웅하고는 시간이 조금 지나자, 두 사람과 교대하듯이 에밀리 양이 왔다.

"윤 군, 안녕. 왠지 기분이 좋아 보이는데, 무슨 일 있었어?"

"에밀리 양. 좀 전에 라이나와 알이 가게에 와 있었거든."

나는 에밀리 양에게 선플라워 씨로 만든 파운드 케이크와 차를 내준 다음, 새로운 액세서리를 주문하기 위해 [아트리엘]에 와 있던 라이나와 알 이야기를 했다.

레티아가 동료로 삼은 콜드 덕 사츠키의 스크린샷을 보여주었다는 이야기와 두 사람이 했던 모험 이야기, 그리고 내가 궁후 사부와 싸웠던 이야기를 했다.

"나도 타쿠 군에게 윤 군이 궁후 사부에게 도전하고 있다는 이야기를 듣긴 했는데, 클리어했구나. 어땠어?"

"공략하는 데 2주일, 100번 넘게 싸워서 겨우 이겼어."

"꽤 고전한 모양이구나."

"물론."

나는 고개를 끄덕였다.

"에밀리 양은 궁후 사부랑 싸울 생각 없어?"

"으음~. 장비 용량이 늘어나는 건 매력적이긴 한데, 직접적인 전력이 늘어나는 건 아니니까 보류할래."

그리고 나중에 난이도가 더 낮은 퀘스트로 같은 보수를 받을 수 있을지도 모르니까, 라고 에밀리 양이 말했다.

나도 궁후 사부보다 난이도가 낮은 퀘스트가 생길 경우,

그쪽을 우선시할 것 같긴 하다.

"뭐, 나는 고전했지만, 그 이야기를 들은 라이나가 궁후 사부랑 싸우기 위해서 가게에서 뛰쳐나갔거든."

내가 재미있다는 듯이 이야기하자, 에밀리 양도 장난기 어린 미소를 지었다.

"윤 군은 100번 넘게 도전했지? 라이나는 대체 몇 번 만에 공략할 수 있을까?"

"꽤 적은 횟수로 공략할 수 있을지도 모르지. 물론 그 전에 [무기질 동굴]을 돌파하는 데 시간이 오래 걸릴지도 모르지만."

궁후 사부는 솔로로 도전할 수 있지만, [무기질 동굴]은 혼자서 공략하기가 힘들다.

라이나와 알이 어떤 모험을 할지는 모르겠지만, [무기질 동굴]과 그곳을 돌파한 뒤에 만날 수 있는 궁후 사부는 만만하지 않다.

만약 라이나와 알이 공략하다가 막다른 곳에 부딪힌다면, [아트리엘]에서 하소연을 들어주면서 조언을 해줘야겠다.

내가 세이 누나와 미카즈치에게 받은 것처럼. 그리고 그러는 김에 [아트리엘]의 상품도 팔고, 두 사람의 모험 이야기를 들으며 즐겨야겠다.

그런 미래를 상상하며 [아트리엘]에서 느긋한 시간을 보냈다.

NAME : 윤

무기 : 검은 소녀의 장궁, 볼프 사령관의 장궁

보조무기 : 마기 씨의 식칼, 고기 써는 식칼 중흑, 해체식칼 창무

방어구 : CS No.6 오커 크리에이터(하복, 동복, 수영복)

액세서리 장비 한계 용량 (6/11)

· 페어리 링 (1)

· 대신하는 보옥의 반지 (1)

· 사수의 골무 (1)

· 신조룡의 스타 뱅글 (3)

예비 액세서리 일람

· 몽환의 주민 (3)

· 원예지륜구 (1)

· 도어부의 철륜 (1)

· 워커 고글 (2)

소지 SP 60

[장궁 Lv51] [마궁 Lv47] [하늘의 눈 Lv50] [간파 Lv54]

[강력 Lv26] [준족 Lv48] [마도 Lv47] [대지속성 재능 Lv35]

[조약사 Lv50] [잠복 Lv15] [부가술사 Lv29] [염동 Lv21]

대기

[활 Lv55] [장식사 Lv18] [연성 Lv23] [조교사 Lv24]

[요리인 Lv28] [수영 Lv26] [언어학 Lv29] [등산 Lv21]

[생산직의 소양 Lv42] [신체내성 Lv5] [정신내성 Lv15]

[급소의 소양 Lv20] [선제의 소양 Lv21] [낚시 Lv10]

[재배 Lv25] [열기 내성 Lv12] [한기 내성 Lv4]

· 선플라워 씨유를 사용해서 [완전 소생약]을 완성시켰다.

· 곤란해하던 초보 플레이어들을 도와주고 플레이어들 사이에서 지명도가 올랐다.

· [무기질 동굴]을 공략하고 [단층가]에 도달하여 포탈을 등록했다.

· 폭약 [니트로 포션]과 그것을 합성한 유탄 화살을 제작했다.

· 궁후 사부와의 수행을 통해 심신이 단련되어 장비 용량이 하나 증가했다.

후기

처음 뵙는 분, 오랜만에 뵙는 분, 안녕하세요. 아로하자초입니다.

이 책을 구입해주신 분, 담당 편집자 O씨, 작품에 멋진 일러스트를 마련해주신 mmu님, 그리고 출판 이전부터 인터넷에서 제 작품을 봐주신 분들께 진심으로 감사드립니다.

OSO 시리즈는 현재 드래곤 에이지에서 하니쿠라운 선생님의 코미컬라이즈 버전이 연재되고 있습니다. 코미컬라이즈를 통해 큐트한 코믹 버전 윤 일행의 활약이나 귀여운 모습을 볼 수 있습니다.

OSO 21권은 초심으로 돌아가 윤이 솔로로 열심히 하는 이야기가 되었습니다.

고난이도 보스와의 1대1 대결, 몇 번이나 패배하면서도 계속 도전하는 모습은 모 프롬의 죽으면서 익히는 게임의 인간형 보스들을 참고하며 만들었습니다.

주인공인 윤 같은 플레이어들이 몇 번을 패배하더라도 보스에게 계속 도전하는 이유와 보수를 고려하고, 막대한 회복 아이템을 이용한 밀어붙이기 전략을 쓸 수 없게끔 규칙을 정하고, 몇 번 쓰러지더라도 다시 도전하기 쉬운 환경을 생각하느라 힘들었습니다.

하지만, 조금씩 게임 실력이 늘어서 목표를 향해 나아갈 수 있는 모습을 글자로 잘 옮겨냈다는 생각이 듭니다.

그리고 최근에는 윤도 강해졌고 회복 아이템이 충실해졌기에 좀처럼 패배하지 않게 되었습니다.

그렇기에 패배하더라도 즐거워하는 윤의 모습을 묘사한 것도 OSO의 초심으로 돌아간 게 아닐까, 하고 생각합니다.

참고로 지은이는 패배해서 투덜대는 윤의 모습이 귀엽다고 생각합니다.

앞으로도 저, 아로하자초를 잘 부탁드립니다.

마지막으로 이 책을 읽어주신 독자 여러분께 다시 감사의 말씀 드립니다.

2022년 12월 아로하자초

역자 후기

안녕하세요, 천선필입니다.

『온리 센스 온라인』21권, 재미있게 읽으셨는지 모르겠습니다.

이번 21권은 윤이 그동안 준비해 왔던 것들을 기반으로 완전 소생약을 완성시키는 전반, 그리고 OSO판 석유를 기반으로 니트로 포션을 만들고 유탄 화살까지 합성해서 사부님과 대결을 펼치는 후반, 이렇게 나뉜 것 같습니다. 거기에 어느새 중견 플레이어가 된 라이나와 알이 약간 끼어든 구성이라고나 할까요.

아무래도 비중 자체는 전반보다는 후반, 윤이 계속 죽어가며 결국에는 여러 사람의 협력과 응원에 힘입어 승리한 사부님과의 대결 쪽이 더 큰 것 같다는 느낌입니다. 작가분의 말씀대로 계속 죽으면서 플레이어의 실력을 키워나가는 프롬 소프트웨어의 소울 시리즈 같기도 하죠.

게임의 난이도는 결국 제약으로 이어집니다. 그동안 1년 넘게 OSO를 플레이하면서 취득한 센스와 조합한 아이템들로 인해 각종 퀘스트나 문제를 해결해온 주인공인 윤도 이번 솔로 퀘스트에서 고전한 이유가 단순한 스펙 차이도 있겠지만, 소생약 제한, 그리고 아이템에 걸린 대미지 제한 때문이기도 했으니까요. 그동안의 OSO가 '뭐든지 가능'한 게임에 가까웠기에 비주류 센스와 생산직이라는 페널티를 떠안고 있던 윤도 어떻게든 돌파구를 마련할 수가 있었습니다만, 거기에 제한이 걸리자마자 좌절하게 된 묘사에서 작가분의 게임에 대한 높은 이해도를 엿볼 수 있기도 했고요.

게임업계를 떠난 지도 시간이 꽤 지나긴 했습니다만, 아무래도 게임 관련 콘텐츠를 접하거나 이렇게 게임과 관련된 책을 번역하다 보면 회사에 다니면서 일을 하던 경험을 대입해서 보게 될 수밖에 없는 것 같습니다. 첫 번째 회사에서는 기획자였기에 그때의 기억을 되살리며 '만약에 내가 저 솔로 퀘스트 기획을 했다면 어떤 식으로 했을까'라는 생각도 들었네요. OSO 같은 게임은 워낙 육성이 자유롭다 보니 밸런스 맞추기가 힘들었을 것 같긴 합니다.

이런 생각을 하면서 이번 『온리 센스 온라인』21권을 번역하였습니다. 매번 그랬듯이 감사의 말씀 드리고 후기를 마치려 합니다.

항상 신경을 많이 써주시는 담당 편집자분, 그리고 책을 내는 데 도움을 많이 주신 소미미디어 관계자 여러분, 그리고 가족 여러분. 감사합니다.

그 누구보다 감사드리고 싶은 분은 독자 여러분입니다. 제가 이렇게 무사히 번역을 마치고 후기를 쓸 수 있는 것도 독자 여러분 덕분이라 생각합니다. 진심으로 감사드립니다.

다시 찾아뵙게 될 때까지 행복한 하루 보내시길 바랍니다. 감사합니다.

천선필

Only Sense Online Vol.21
©Aloha Zachou, mmu, Yukisan 2022
First published in Japan in 2022 by KADOKAWA CORPORATION, Tokyo.
Korean translation rights arranged with KADOKAWA CORPORATION, Tokyo.

온리 센스 온라인 21

2024년 6월 15일 1판 1쇄 발행

저　　　　자 아로하자초
일 러 스 트 mmu
옮 긴 이 천선필
발 행 인 유재옥
담 당 편 집 박차우
이　　　　사 조병권
출판본부장 박광운
편 집 1 팀 최서영
편 집 2 팀 정영길 박차우 정지원 조찬희
편 집 3 팀 오준영 권진영 이소의
디자인랩팀 김보라 박민솔
디지털사업팀 박상섭 김지연 윤희진
라이츠사업팀 김정미 맹미영 이윤서
영업마케팅팀 최원석 박수진 이다은
물 류 팀 허석용 백철기
경영지원팀 최정연
인쇄제작처 ㈜코리아피엔피
발 행 처 ㈜소미미디어
등　　　　록 제2015-000008호
주　　　　소 서울시 마포구 토정로222, 502호 (신수동, 한국출판콘텐츠센터)
판매 및 마케팅 (070) 8822-2301

ISBN 979-11-384-8335-3
ISBN 979-11-5710-083-5 (세트)